_____는   _____에게

당신과 별 헤는 밤이 좋습니다

일러두기

이 책은 국립국어원의 한글 맞춤법과 외래어 표기법을 따랐습니다.
하지만 관용적으로 굳어진 일부 용어에는 예외를 두었습니다.

21만 유튜브 〈나쫌〉 채널의 첫 에세이

당신과
별 헤는 밤이 좋습니다

나쫌 NaZZom 글·사진

CRETA

천문학자로서 가장 부러운 사람이 있다. 밤하늘의 사진을 찍는 천체 사진가다. 흔히 천문학자라고 하면 매일 아름다운 밤하늘을 보는 직업이라고 생각하지만, 실상은 그렇지 않다. 대부분의 관측은 자동화된 거대한 망원경들이 알아서 진행한다. 인간 천문학자는 그저 망원경으로 수집한 별과 은하들의 빛을 분석해 논문 그래프 속의 한 점으로 옮길 뿐이다. 실제로 천문학자들 중에는 천체 사진을 찍을 줄 모르는 사람들도 드물지 않다. 매일 밤하늘이 아닌 컴퓨터 모니터만 바라보면서 점과 선으로 가득한 그래프만 보다 보면 내가 연구하는 세계가 그토록 아름다운 우주였다는 사실을 망각할 때가 있다.

　어느 겨울날 새벽, 연구실에서 늦게까지 일을 마치고 집으로 돌아가던 날이었다. 겨울의 차가운 공기 덕분에 밤하늘은 청명했다. 달도 떠 있지 않은 간만의 깜깜한 하늘이었다. 덕분에 서울 도심의 눈부신 광공해 속에서도 꽤 많은 별이 자신의 모습을 드러내고 있었다. 그 순간 나는 방금 연구실에 틀어박혀 모니터를 통해서만 바라보던 세계가 바로 내 머리 위에 펼쳐진 아름다운 세계였다는 사실을 다시금 깨달았다. 매일 우주만 생각하고, 우주를 연구하고, 우주로 밥 벌어먹는 삶을 살고 있었건만, 정작 그 우주를 온전하게 눈동자로 직접 담아본 경험은 거의 없었다. 민망하면서도 행복한 경험이었다. 이 책은 그날 내가 천문학자로서 느꼈던 부끄러움, 그리고 밤하늘을 향한 반가운 감정을 다시 느낄 수 있게 해주었다.

이 책은 우리가 매일 얼마나 아름다운 우주의 순간을 놓치며 하루를 살아가는지 보여준다. 그리고 가장 아름다운 그 순간을 더 많은 이들에게 보여주고 싶어 안달 난 작가의 고민이 함께 담겨 있다. 이 책은 단순히 밤하늘을 잊고 살고 있던 우리들의 마음만 위로해 주지 않는다. 그동안 수십, 수백 광년을 날아왔음에도 누구의 눈동자에도 닿지 못한 채 그저 스쳐 지나가 버린 수많은 별빛의 서운함을 달래 준다.

_연세대학교 은하진화연구센터 / 유튜브 우주먼지의 현자타임즈
우주먼지 지웅배

과학커뮤니케이터로서 우주에 대해서 그 누구보다 관심이 많고, 흥미롭게 여긴다고 생각해 왔다. 그러던 어느 날 알고리즘의 인도를 받아 필자의 영상을 통해 우주를 사진으로 담는다는 행복이 무엇인지에 관해 알게 되었다.

이 책은 그날의 설렘을 다시금 상기해 주며, 묘한 떨림을 선사한다. 무한한 우주 속에서, 부분이 만드는 전체의 아름다움을 담아내는 행복에 대해 이야기하며, 또한 감히 그러한 일들이 전문가의 영역이 아닌, 누구나 소유할 수 있는 행복한 취미라고 말한다. 심미적으로, 그 자체만으로도 황홀한 아름다움 앞에 과학이라는 의미 부여는 더 이상 필요하지 않다고 말한다. 그런데 믿기 힘들겠지만 정말 그렇다! 이 책을 보고 있는 당신께서, 빛의 공해에 둘러싸여 그동안 꼭꼭 숨어 있던 우주의 보석들에 흥미를 느끼길 진심으로 바란다. 진정으로 새로운 행복이 찾아올 것에 대해, 조금도 믿어 의심치 않으니!

_유튜브 과학쿠키, 쿠키스튜디오 대표 이효종

저는 문과생입니다만

어설프게 전문가인 척(?) 행동하고 싶지 않습니다. 어떤 구독자님의 추측과 달리, 당연히 나사NASA 직원 아니고요. 휴스턴 아닌 고양시에서 잘 살고 있습니다. 학창시절 과학 수업을 한 문장으로 표현하면 '침대는 과학이다'로 함축할 만큼 수면에 진심인 문과생이었답니다.

그런데 밤하늘을 너무나 좋아해요. 예쁜 하늘과 석양을 보고 있으면 가슴 벅찰 때도 많고요, 그 풍경을 사진으로 남기려 애쓰다 때론 슬쩍 눈물도 글썽이는(사실 하품) 감수성 조금 있는 남자입니다. 쏟아지는 별들과 함께 밤을 지새운 시간이 길어진 만큼 배우고 알게 된 것들도 꽤 많아졌지만, 여전히 저는 우주 전문가가 아니랍니다. 이 이야기를 서두에 왜 반복하냐면, 의도하진 않았지만 자칫 책 글귀 뒤에 숨어 사람들과 스스로를 속일 수도 있겠다는 생각

이 들었거든요. 마음을 다잡고 책을 쓰려고 앉으니 뭔가 막막함이 밀려왔어요. 처음이라 서툰 것이 많아서 다른 책들을 참고하게 되었는데 시간이 지날수록 글은 안 써지고 뭐랄까, '나쫌NaZZom'이라는 사람이 직접 겪으며 느꼈던 스토리가 아닌 누군가를 흉내내는 껍데기를 만들고 있는 느낌이 들었어요.

　　'왜 이러지? 왜 자꾸 천문학자처럼 글을 써야 할 것 같은 압박감이 생길까?'

　　이 질문이 머릿속을 맴돌 때 그동안 써왔던 글을 멈추고 스스로를 돌아보게 되었습니다. 어쩌면 우주라는 주제로 책을 출간한다는 것 자체가 전문성을 띠어야 한다고 생각했던 것 같아요. 그리고 유튜브 영상은 정제된 내용들로 만들어지다 보니 저를 관련 분야 종사자라고 생각하시는 분들의 댓글도 꽤 많았습니다. 아마도 이런 적지 않은 구독자분들을 실망하게 하지 않아야겠다는, 스스로가 만든 압박감이 컸던 것 같아요. 이걸 깨달은 순간, 글을 싹 지우고 처음부터 다시 시작했습니다.

'내가 진정 하고 싶은 이야기는 뭘까?'

애써 쓰려던 어설픈 가면을 벗어두고 제가 경험하고 느꼈던 것들을 토대로 '나쫌'다운 글을 쓰기 시작하니, 마치 일기를 쓰듯 글이 써졌어요. 그동안 짧은 영상에서 보여드리지 못했던 '나쫌'의 비하인드 스토리를 나누고자 이번엔 카메라 대신 연필을 들었습니다. "나쫌"은 '나누자 쫌'을 줄인 말입니다. 혼자 보기 너무 아까운 아름다운 우주와 지구의 모습을 많은 사람과 나누고 싶은 저의 강한 의지를 담아 채널명을 지었죠. 그 연장선에서 친근한 동네 형이 들려주듯 솔직담백한 이야기를 전해드리고 싶습니다. 많은 분이 제 영상을 사랑해 주시는 이유가 함께 경험하는 듯한 생생함 때문이 아닐까 싶어요. 약 2년 동안 천체 관측 채널을 운영하며 겪은, 다양하고도 생각지 못했던 흥미로운 에피소드를 리얼하게 글로 풀어보았습니다. 이 책을 읽는 동안에도 비슷한 경험을 하실 거라 확신합니다. 그럼 이번에도 함께 가보실까요?

나쫌NaZZom

차
례

추천의 글 · 4

작가의 말_ 저는 문과생입니다만 · 8

1부
반짝이는 별은 아름답기만 한데

어렵고 아름다운 미지의 세계? · 28

나를 홀려버린 환청 · 34

아니, 한번 해보고 후회하자 I_무이자 할부 · 36

2부

사람들은 직접 촬영한 우주에 반응했다

알고리즘의 은총을 받던 날 · 46

평평이와 둥글이 · 53

이제 친구와 싸우지 마세요 · 58

빛을 당겨보았습니다 · 60

국제우주정거장을 직접 촬영하던 순간 · 66

내가 밤낮으로 쫓던 것들 · 73

3부
가슴 뛰는 일이라면

천체 망원경이 얼마라고요? · 84

아니, 한번 해보고 후회하자 Ⅱ_일시불 · 87

우연을 필연으로 만드는 확실한 방법 · 97

드디어 마주한 심우주 · 104

벽을 넘어서자 보이는 세계 · 117

4부

망했다고 느꼈던 날, 레너드 혜성을 만났다

싸늘하다 · 126

어쩌다 보니 나에게 온 · 129

생각보다 안 될 때의 아이러니 · 134

이유 있는 여유 · 140

운 좋게 포착한 찰나의 순간들 · 144

5부
어느 날 생긴 일

전 세계로 퍼진 아침 토성 · 152

'나쫌'을 잡아라? ·166

이어지는 러브콜 ·170

"안녕하세요"로 시작하는 메일이 왔다 ·183

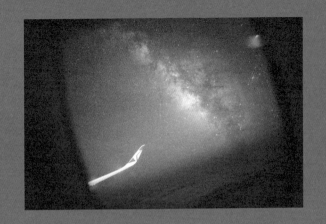

6부
관측하며 느낀 것들

한여름과 한겨울 ·196

낭만과 공포는 한 끗 차이 ·206

꼭 좋은 일만 경험하는 것은 아니다 ·219

7부
결국 '창백한 푸른 점'에 산다는 것

누구보다 '갓생'을 살지만 ·228

일상에 재미를 더하기 위해 ·238

온전히 내 인생을 사는 방법 ·243

1부

반짝이는 별은 아름답기만 한데

어렵고
아름다운 미지의 세계?

우주는 어렵고 아름다운 미지의 세계다. 솔직한 내 생각이
다. 어쩌면 과학 시간에 졸다가 정수리에 분필을 맞아본 경
험이 있는 문과생이라 더 그런가. 끝을 알 수 없는 광활한
우주를 보면 도저히 실감이 나지 않는다. 또 우리는 태양계
의 거리조차 너무나 버거운 티끌만 한 존재인데, 인간의 지
식으로 풀어내는 저 먼 곳들에 대한 갖가지 가설과 이론이
'정말일까?'라는 의구심이 들 때가 많았다. 과연 가보지 않
은, 가볼 수 없는 곳들에 대해 어떻게 정의 내릴 수 있을까.

　　반면 많은 사람이 그러하듯, 나 또한 밤하늘을 보는
걸 좋아한다. 그냥 좋아함을 넘어 '매우' 좋아한다. 감수성
이 풍부한 대학생 때, 중앙아시아로 봉사를 떠나기 위해 탑

승한 비행기 안에서 보던 하늘은 너무나 황홀했다. 다른 친구들이 영화를 보는 동안 나는 몇 시간 동안 목이 돌아갈 정도로 창밖만 내다봤다. 구름은 내가 상상하는 것들과 모습이 닮아보이기도 했고, 그 자체가 거대한 무대가 되어 나를 즐겁게 해주었다. 석양이 저물어 가는 순간 보였던 초승달과 점점 짙게 물들어 가는 하늘의 색감은 정말 어떤 말로도 형용하기 어려웠다. 그만큼 아름다운 광경, 특히 우주에 대한 동경과 몰입을 꽤 좋아한다.

그런데 참 아이러니하다. 이렇게 우주가 좋고 아름답고 궁금해서 더 알고 싶은데, 책이나 인터넷 자료를 찾아보면 막상 멀어지는 기분이랄까. 천문학 이론 앞에 집중력은 금세 사라지고, 순수했던 열정까지 흐지부지되는 느낌이다. 게다가 몇 년 전 유튜브를 시작할 당시만 해도 그래픽 자료에 정확하지 않은 내용으로 만들어진 영상들이 적지 않았다. 이때부터 본격적으로 '우주라는 주제에 좀 더 쉽게 접근할 수 없을까?'라는 목마름이 생겼다. 아름다운 것에 본능적으로 반응하는 우리인데, 우선은 지식에 파고들기보다 그냥 그 모습 그대로 우주를 보고 싶었고, 무엇보다 나처럼 갈증을 느끼는 사람들이 있지 않을까 생각했다. 어차피 난 천문학자도 아닌 일반인, 게다가 문과생인데 내가 이해할 정도면 대부분 사람이 이해할 수 있는 수준일 것이다.

먼저 내가 배워서 이해한 내용을 정리한 후 사람들이 알기 쉽도록 영상으로 풀어보자고 마음먹었다. 그리고 이렇게 결심한 배경에는 매우 황홀한 밤하늘의 예쁜 자태를 있는 모습 그대로 담겠다는 전제가 있었다. 아름다우면 사람들의 눈이 머물 것이고 때에 맞게 관련된 이론들만 살짝 귀띔해 주면 훨씬 더 많은 사람이 편하게 우주를 감상할 수 있지 않을까? 영상을 통해 난 이런 전달자가 되고 싶었다. 그때 머리를 스치는 질문 하나.

'그런데 이게 가능할까?'

개인적으로 천체 망원경을 구입하기 어려운 시기였다. 무엇보다 눈으로 관측하는 안시眼視가 아닌 사진과 영상 촬영을 하려면 망원경 구성도 달라야 했고, 비용도 예상보다 훨씬 더 들었다. 돈도 돈이지만 망원경을 운용하기 위해서는 상당한 지식까지 필요했다. 나는 퀄리티에도 욕심이 많은 편인데 애매하게 돈을 들여서는 좋은 결과물을 보장할 수 없을 것 같았다. 그렇다 보니 당장 진입장벽이 너무 높은 천체 망원경보다는 그동안 틈틈이 촬영해 왔던 밤하늘과 멋진 풍경들을 계속 담기로 했다.

〈나쫌〉 채널의 첫 영상은 '비행기에서 별 사진 촬영하는 방법'이다. 우선은 우주와 관련된 주제로 조금 색다른 영상을 만들고 싶었다. 내 주변만 보더라도 밤 비행기를 탈 때 이착륙하는 순간 외에 굳이 창밖을 오래 보는 사람은 없었다. 게다가 자연스레 아래를 내려다보게 되는 비행기에서 위쪽을 바라보며 별 사진을 찍는다는 건 꽤 신박한 발상이었고, 찾아봐도 자료나 영상이 없었다. 그래서 내가 먼저 하기로 마음먹었다. 첫 영상이기도 했고 나처럼 우주와 하늘에 관심 있는 사람들에게 도움이 되고 싶은 마음에 꽤 심혈을 기울여 만들었다. 처음이라 구독자는 없었지만 희귀한 주제라 그런지 당시 댓글이 몇 개 달렸다.

도움을 주고 싶어서 만든 영상이니만큼 관심 있는 사람들이 모인 천체 카페에도 처음으로 공유를 해보았다. 반응도 나쁘지 않았다. 신기해하는 사람들도 꽤 있는 걸 보고 뿌듯했지만 바로 다음 영상에서 한계에 부딪혔다. '망원경 없이 우주 영상을 어떻게 풀어가지?'

태평양 상공을 지나갈 때 촬영한 별 풍경.
처음이라 노하우가 없어서 점퍼로 창문을 가리며 힘들게 촬영했다.

일반인이 우주와 가장 가까워질 수 있는 시간이라 그럴까.
별이 보이는 밤 비행기는 늘 설렌다.

나를 홀려버린
환청

꽤 오래전부터 DSLR 카메라를 다룰 줄 알았다. 하지만 가지고 있는 카메라는 내 열정에 비해 단출했다. 최소의 조건으로 최대의 효과를 뽑는 걸 선호해 무작정 장비를 모으진 않는 편이다. 그리고 지갑 사정도 그다지 넉넉하진 않았다. 영상미에 있어서는 DSLR과 미러리스가 탑이다 보니 다른 건 생각도 안 해봤는데, '니콘'에서 나온 카메라가 아주 우연히 내 눈에 들어왔다. 무려 광각 24㎜부터 3000㎜라는 말도 안 되는 초망원이 가능한 카메라란다. '3000㎜면 달이 굉장히 크게 보일 텐데?' 매우 흥분됐다. 그런데 가격도 당시 100만 원이 채 되지 않았다.

합리적 의심이 이성이란 녀석을 다시 뇌로 데려오는

동안 유튜브로 장비 리뷰를 찾아보았다. 주로 해외 리뷰 영상이 많았는데, 생각지도 못했던 토성을 촬영하는 모습에 내 눈을 의심했다. 달은 물론이고 정말 행성까지 촬영할 수 있는 카메라였다. 거금의 천체 망원경을 고민하다 집안 말아먹을까 겁먹던 나에게, 100만 원 정도에 행성과 달을 촬영할 수 있는 카메라는 그저 빛으로 보였다. 물론 화질이 썩 마음에 들진 않았고 일상적으로 사용하기에도 퀄리티가 많이 떨어지는 후기 영상을 보며, 잠시나마 즐거웠다고 울고 있는 이성과 '토성이야 토성!' 메아리치는 환청 사이에서 심각하게 고민했다. 가성비로 접근하면 내가 생각했던 우주의 모습을 보여주기에는 충분한 시작점이 될 것 같았다. 그렇게 환청과 손잡고 바로 카메라를 구입했다. 무이자 최대 할부로.

아니, 한번 해보고 후회하자 Ⅰ
_무이자 할부

인생의 방향에 대해 고민 많던 20대에는 적당한 직장에 취업해서 안정적으로 살고 싶다는 생각보다는 '한 번 사는 인생인데 내가 뭘 하면 행복하고 의미 있게 살 수 있을까?'를 더 고민했다. 나는 직접 경험하고 느끼며 깨닫는 걸 선호한다. 그런데 가만히 앉아서는 내가 무엇을 잘하고 좋아하는지 알 수가 없었다. 그래서 생활비를 마련하기 위한 기본 목적 말고도 일 자체가 궁금해 꽤 여러 종류의 아르바이트를 많이 해봤다. 막노동부터 시작해서 물류창고 현장직, 은행 청원경찰, 식당 서빙, 심리센터 상담, 병원 상담, 운전, 영상제작 등의 일을 하면서 직접 부딪혀 봤고, 알아보고 싶었던 것은 짧지 않은 시간 동안 하나씩 경험했다(여담이지만 현재까지 대기업에서 꽤 만족스러운 일을 하고 있는데 20대 때의 고민 과정과 이런 다양한 경험이 직간접적으로 많은 도움이 되었다고 확신한다).

우주를 향한 나의 태도도 그랬다. 내 손으로 직접 부딪혀 가며 결과물을 만들어 보고 싶었다. 하지만 생각과 계획만으로 이루어지는 것은 아무것도 없다. 지혜로우면 더할 나위 없겠지만, 100번의 고민보다 한 번의 실행이 더 빠르고 확실할 때가 많다. 매일 후기를 찾아보고, 다른 사람들의 리뷰를 많이 봐봤자 결국 자기 전에 고민만 늘어날 뿐이다. 카메라 가격이 부담됐지만 해봐야 답을 알 수 있으니 바로 행동했다. 그리고 아니다 싶으면 중고로 팔면 된다. 뭐든 배우려면 대가를 치러야 하니, 강의 하나 들은 샘 치면 차액도 그렇게 손해 보는 게 아니라고 생각한다.

17:00 -19:00 배송 예정입니다.
〈대한통운〉

많이 설렜다. 그리고 카메라를 받자마자 나는 바로 달을 촬영하러 집 근처 공터로 나갔다. 당겨서 관측하는 경험이 꽤 놀라웠다. 망원경은 바로 확대된 장면만 볼 수 있지만, 이 카메라는 쭈욱 당겨서 마지막에 달 앞으로 날 데려다주었다. 달과 마주한 채 황홀한 시간을 보낸 나는 바로 토성도 촬영하고 싶었다. 그런데 문제가 생겼다.

'토성을 어떻게 찾지?'

달이야 눈에 확 보이는 대상이라 찾아가기가 쉬운 편이지만 토성은 눈으로 형태가 안 보이니 난감했다. 그래서 집으로 들어와 구체적으로 찾아보며 공부했다. 행성들이 어떤 시기부터 잘 보이기 시작하는지, 위치를 찾는 방법 등을 흥미롭게 배워나갔다. 역시 하고 싶은 게 생기면 필요한 것들은 하나씩 찾아가기 마련이다. 난 별자리를 나름 알고 있었지만 사실 행성이 별처럼 눈으로 보인다고 생각하진 못했다. 대학생 때 지역에 있는 천문대에 가서 봤던 행성들도 천체망원경으로 봐야 볼 수 있다고 생각했다. 그런데 도심에서 생각보다 잘 보이는 것들이 주로 행성일 줄이야… 충격이었다. 그리고 내가 너무 몰랐다는 생각에 부끄러웠다.

이때가 봄이 다가오는 4월이라 점점 토성의 고도가

1 벚꽃이 예쁘게 피어 있는 곳에서 달을 촬영했다.
2 영롱한 달의 표면이 화면으로도 자세히 보인다.

올라오기 시작하는 시기였다. 새벽 일찍 나가면 해뜨기 직전 토성의 실물을 볼 수 있다는 사실을 알게 되었고 그렇게 며칠을 설레는 마음으로 보냈다. 하늘을 구체적으로 관측하며 촬영하려니 날씨가 생각보다 어려웠다. 꽤 자주 등장했던 구름은 늘 변수였다. 그리고 이제는 익숙해진 미세먼지가 당시에 꽤 심각한 화두이자 고민거리였다. 푸른 하늘빛은 거의 찾아볼 수 없었고, 구름만큼이나 시야를 가리는 걸림돌이었다. 숨 쉬기도 불편하고 건강에도 해롭다 보니 촬영을 해야 하나 고민이 들 정도였다.

그렇게 날씨와 미세먼지의 방해로 답답한 시간을 보내던 어느 날. 예보에 하늘이 맑다고 해서 작정하고 새벽에 집을 나섰다. 예전과 달리 쿰쿰한 먼지 냄새로 은근히 머리가 아파져 오는 새벽 공기를 마시며 집 근처 공터에 도착했고 바로 장비를 세팅하기 시작했다. 환청의 도움으로 구입한 카메라까지 이제 내 카메라는 두 대다. 하나는 전체 모습을 보여주는 넓은 장면, 나머지 하나는 토성을 당겨보는 확대 장면. 이렇게 준비하고 토성을 찾아보았다. 뿌연 하늘에 오히려 애매한 별빛들이 가려지고 동쪽 하늘에 직감으로 토성 같아 보이는 작은 빛 하나가 보였다. 가슴을 두근두

근하며 조금씩 그 작은 빛을 당기기 시작했다. 멀리 있는 작은 대상을 당겨보는 게 쉽지는 않았는데 조금만 틀어지면 위치를 잃기 쉬웠다. 하지만 산만하게 움직이는 대상이 아니다 보니 금세 적응해 그 빛을 화면 가까이 확대할 수 있었다. 영롱한 고리가 의심할 겨를 없이 토성이라 확신이 드는 순간, 정말 소름이 돋았고 아무도 없는 들판에서 혼잣말을 뱉었다.

"와 대박…! 진짜 혼자 보기 아까운데?"

이날 후로 한동안 계속 마음이 굉장히 설렜다. 그전까지 망원경이 없던 내게 밤하늘의 별들은 너무나 아름답지만 특징이 없는 흰 점들이었다. 하지만 초망원이 가능해진 지금, 하늘의 빛나거나 움직이는 모든 것들은 관측 대상이 되었다. 게임을 하다가 새로운 레벨의 지도가 열린 기분이랄까. 늘 날이 맑기만을 기다렸다.

낯설고 서툴렀지만, 그래서인지 더 설렜던 순간.

막연히 알고 있던 토성을 실제 두 눈으로 보면 감동을 넘어 말로 표현하기 어려운 감정이 느껴진다. 꼬물꼬물 움직이는 작고 귀여운 토성. 아, 지구보다 아홉 배 더 크지?

2부

사람들은 직접 촬영한 우주에 반응했다

알고리즘의 은총을
받던 날

사실 나와 비교도 안 되는 더 좋은 장비로 촬영한 멋진 우주 사진들은 이미 넘쳐난다. 심지어 우주정거장에서 지구를 촬영하는 장면도 라이브로 중계하는 시대다. 또 가장 근래에 활동하고 있는 제임스웹 망원경은 어떤가. 상상할 수 없이 적막한 곳에서 홀로, 인류를 대표해 촬영하는 우주의 모습은 뭐라 형용할 말이 떠오르지 않을 만큼 황홀하다. 이처럼 전문적인 관측도 발전했지만, 한편으로 관측 환경이 좋은 미국이나 호주, 러시아 등에는 일반인 아마추어들의 활동도 꽤 활발하다. 그리고 이들의 멋진 작품들은 SNS를 통해 쉽게 접할 수 있다.

그런데 상대적으로 좁은 면적에, 빛 공해도 심한 대한

민국에서 관측한 〈나쫌〉 채널 영상들이 어쩌다 이렇게 주목을 받게 되었을까?(라고 뻔뻔하게 한 번쯤 말해보고 싶었다.) 과학 성격의 채널을 제외하고 관측 채널로서의 구독자 20만 명이란 수는 절대 적지 않다. 특히 천체관측 장르에 대한 우리나라 사람들의 관심도를 생각하면 더더욱 특이한 케이스라는 평가를 많이 받았다. 지금까지 접했던 댓글과 DM 등을 토대로 여러 이유를 추측해 볼 수도 있지만, 가장 결정적인 부분은 바로 '실감'이라 생각한다. 영상을 보며 멀게만 느껴지는 우주가 눈앞 가까이에 있는 기분과 감정을 고스란히 경험한 게 아닐까.

나사NASA에서 제공하는 사진은 굉장히 멋지다 못해 CG처럼 느껴진다. 엄청난 작품이지만 뭔가 현실적으로 나와는 동떨어진 느낌. 이런 우주 사진들을 들여다보면 처음에는 신기하고 흥미롭다가도 금세 이질감이 생긴다. 도저히 실감이 안 난다. 그런데 우연히 알고리즘에 떠 있는 한 영상을 보니 생각보다 우주는 너-무-나 가까이에 있었다. 도심에서 무심코 봤던 반짝이는 빛이 우리 태양계 행성이었고, 조금 떨어진 외곽으로 가서 하늘을 보자 별들이 쏟아진다. 자세히 보니 (조기 유학 떠난 내 개념의 고향) 안드로메다은하

안드로메다은하Andromeda Galaxy는 맨눈으로 이 정도 형상을 볼 수 있다.

미러리스 카메라와 적도의를 사용해 촬영한 안드로메다은하.

도 눈에 뿌옇게 보인다. 그리고 방금 무심코 봤던 그 흰 점을 당겨본다. 카메라를 주욱 확대해 보는데, 몇 초 뒤 놀랍게도 토성의 고리가 보인다. 바로 그때 이 영상이 '여러분은 지금 이 순간에도 우주에 살고 있어요'라는 아주 당연한 사실을 그저 기억나게 해준 게 아닐까.

아직도 그때의 얼떨떨함과 설렘을 잊지 못한다. 다른 수많은 크리에이터가 그렇듯 나 또한 적지 않은 노력과 시간을 쏟아부어 만든 영상을 몇 개 업로드했는데 반응이 없었다. 시작이기에 너무나 당연한 결과였고 큰 기대가 없었던 것도 사실이다. 그냥 버킷리스트를 삭제하는 기분으로 꼭 해보고 싶은 게 세 가지 있었다. 먼저 토성을 포함한 행성을, 두 번째는 달을 촬영하고 싶었다. 마지막은 몇 분 동안 아주 빠른 속도로 지나가는 국제우주정거장을 꼭 담아보고 싶었다. (번외로 울릉도에서 독도를 당겨보고 싶었는데 이건 2년이 지난 지금도 못 해보고 있다) 이렇게 세 가지를 이루고 나면 사실 카메라도 중고로 팔고 유튜브도 그냥 접을 생각이었다.

나를 포함한 우리 집 사람들은 중고거래를 꽤 많이 한다. 쓸모없어지기 전에 제때 팔고 정리하는 게 능력이라고 생각하는 사람들이라 실행력도 빠르다. 몇 개의 영상을 올린 후 이젠 정리해야겠다는 생각으로 카메라를 예쁘게 다시 포장해 놓은 어느 날이었다. 그날은 가족과 함께 에버랜드에 가서 즐거운 시간을 보내고 있었는데 잠깐 쉴 때 켜 본 유튜브에 갑자기 구독자가 100명씩 올라가고 있는 게 아닌가. '새로고침'을 하면 또 20~30명이 올라갔다. 신종사기인가 어리둥절하며 실감을 못 하고 있었는데, 구독자와 함께 댓글의 개수도 계속 늘어나는 것이었다. 이전 댓글을 보려고 하면 이미 다른 댓글에 묻혀서 잠깐 안 보면 놓쳐버리는 상황이었다. 주로 신기하다는 반응이었는데 특히 '알 수 없는 알고리즘'에 대한 언급이 많았다. '알고리즘에 떴어요'라는 글과 함께 축하한다는 메시지가 계속 보였다.

　　에버랜드 벤치에 앉아 홀로 T익스프레스를 타는 흥미로운 경험을 했다. 놀이기구에서 소리치는 사람들의 환호성이 마치 나를 축하해 주는 것 같은 착각도 들었다(마약은 아니니 신고하지 말자). 200명이 안 되던 구독자는 얼마 지나지 않아 500명을 넘기고 있었고 집으로 돌아갈 무렵에는 1000명을 향하고 있었다. 순간순간 각 숫자에 의미를 담아 캡처를 해두었고 그냥 이 자체를 누렸던 것 같다. 소위 떡상(?)의 경험이 있는 사람들은 공감이 될 텐데 이때는 실시간으로 상승하는 구독자의 숫자를 끊임없이 확인하는 자신을 발견한다. 몇 분도 채 안 돼서 구독자 현황을 '새로고침' 해 본다. 자다가 새벽에 잠시 깨도 슬쩍 확인해 볼 만큼 집착이 생긴다. 이런 과정을 거쳐 몇 주가 지날 무렵에는 어느덧 구독자 수가 7만 명을 향하고 있었다.

평평이와
둥글이

구독자가 폭발함과 동시에 댓글도 기하급수적으로 늘어났다. 카메라와 BGM 제목, 사용하는 앱 정보를 묻는 글이 반복적으로 올라왔고, 각자가 느낀 감정을 꽤 장문으로 적는 분들도 많았다. 처음에는 질문에 대한 답변도 아주 성실하게 했는데 이게 단시간에 폭발적으로 늘어나니 감당할 수 없었다. 작정하고 한 영상당 100개가 넘는 댓글에 답변을 적어나갔는데 며칠 하다보니 문제가 생겼다. 정성스레 적어주는 편지 같은 글들을 보기만 하고 지나치기에는 마음이 매우 불편하고, 모든 글에 답을 달자니 다음 영상을 준비할 수가 없었다(이 딜레마를 이야기했더니 복에 겨웠다고 구독자 500명 넘긴 친구가 욕을 했다. 감사하다. 내 수명이 조금 더 늘어난 듯). 답글을 적는 것은 시간이 지나면서 자연스럽게 정리가 되었다. 애초에 모든 글에 답을 할 수도 없고 어쩌면 뻔한 답글보단 더 좋은 퀄리티의 다음 영상을 올리는 게 많은 구독자 분들이 좋아할 일이 아닐까 싶었다.

댓글을 놓고 여러 구독자와 주변 지인들이 공통적인 이야기를 해주었다. "이 채널엔 악플이 안 보이네?" 내가 생각했던 것보다 영상 자체를 좋게 봐주는 분들이 많았다. 여운이 많이 남는 분들은 마치 스스로를 돌아보는 긴 일기나 편지를 적어주곤 했다. 그런 글은 내게도 큰 의미가 있었는데, 왜냐하면 처음 채널을 만들 때 조금은 이상적이지만 가능하다면 이뤄보고 싶은 두 가지 목표가 있었기 때문이다. 그중 하나가 섬네일과 제목 '어그로' 없이 인기 영상 되기, 다른 하나는 가능하다면 깨끗한 댓글로 도배되기였다.

물론 악플은 아니지만, 새로운 장르의 댓글들을 접할 수 있었다. 지구가 평평하다고 주장하는 분들이다. 그분들은 지구가 둥글다고 알고 있는 보통 사람들을 "둥글이"라 불렀고, 반대로 '둥글이'들은 이들을 "평평이"라고 부르기 시작했다. 내가 모르는 동안 아마 서로 오랜 사랑싸움이 있었던 것 같다. 댓글의 흐름은 대부분 이러했다. '평평이'가 "지구가 둥근 이유를 설명해 보라"고 하면 '둥글이'는 잃어버린 영혼을 찾는 사명감으로 아주 차분하고 진지한 궁서체 느낌의 친절한 설명글을 적는다. 그러면 '평평이'는 앞선 글을 무시한 채 짜깁기되어 있는 음모론과 관련된 영상 링크를 적으며 이것도 증명해 보라고 한다. 이마에 참을 인忍을 새긴 '둥글이'가 다시 한 번 침착하게 설명을 시작한다. 그럼 또 '평평이'는 답을 정해놓은 본인 이야기를 하는데, 이 과정에서 꼭 등장하는 게 국제우주정거장International Space Station이다. '평평이'는 우주정거장이 지금처럼 눈으로 보일 수 없다고 주장한다. 대부분의 나사 영상을 포함해 ISS 라이브도 모두 조작된 것들인데, 실상은 거대한 비행기가 우주정거장 모형을 비행기 아래쪽에 장착한 후 시간마다 날아간다고 이야기한다. 마치 영화 〈트루먼 쇼〉처럼 실제로 존재하지 않는 우주를 믿게 하려는 은밀한 조직이 조작한다는 주장을 펼치는데, 세상엔 참 다양한 사람들이 사는 것 같다. 〈나쯤〉 채널에서 두 그룹이 댓글로 싸우는 큰 이유가 이 우주정거장을 매우 크게 확대해서 촬영한 영상 때문이 아닐까 추측된다. 아무튼 싸움을 불러일으키는 '평평이'들의 글들 외에는 별다른 악플이 없었다.

(댓글)

20년 넘게 이 프로젝트를 수행하는 엔지니어 중에서도 실제로 우주정거장을 맨눈으로 본 사람은 없습니다.

NaZZom

국제우주정거장의 나이를 생각해 보면 이 일에 오랫동안 몸담으신 엔지니어분들도 지상에서 본 거 외에 맨눈으로 본 사람이 없다는 말씀이 실감이 나네요. 그런 우주정거장을 비록 카메라를 통해서지만 라이브로 당겨 촬영하며 직간접적으로 볼 수 있다는 점이 말씀 덕분에 새삼 놀랍게 느껴집니다. 정말 고맙습니다!
부족한 채널인데 구독해 주시고, 댓글 남겨주셔서 다시 한번 감사합니다!

국제우주정거장과 관련해 휴스턴 존슨우주센터에서 근무하는 엔지니어 분이 댓글을 남겨주었다. "20년 넘게 이 프로젝트에 몸담고 있는 엔지니어 중에서도 실제로 우주정거장을 맨눈으로 본 사람은 없다"고 한 말이 아주 인상적이었다. 하루에서도 수십 번 넘게 사진이나 CAD로 보는 우주정거장이지만 이렇게 실제로 촬영한 영상을 본 색다른 감회를 정성스럽게 글로 남겨주어서 감사하고 영광이었다. 그래서 나도 최대한 정성을 담아 답글을 드렸는데 이런 긍정적인 커뮤니케이션이 채널을 운영하는 데 더 큰 동기부여가 되었다.

⦅ ● ●　　이제 친구와
　　　　　　싸우지 마세요

고등학생 때 하늘에 밝게 빛나는 빛은 인공위성이라고 들었던 기억이 난다. 그때는 그게 사실인 줄 알았고 딱히 확인할 방법도 없었기에 '그런가 보다' 하고 받아들였다. 어느덧 대학생이 된 후 어두워질 무렵 친구들과 캠퍼스를 걷던 중하늘에 (눈치 없이) 아주 반짝이는 점 하나가 내 눈에 들어왔다. "어? 저거 인공위성인데?" 풍문으로 들은 이야기를 이미 사실로 여기고 있던 나는 그 빛이 인공위성이라고 당당하게 주장했다. 무식하면 용감한데, 또 확신에 찬 목소리로 때린 '선빵'(?)은 사기를 치기에 딱 좋다. 확인할 방법은 없고 논리도 없다. 그냥 서 반짝이는 것은 인공위성이다. 상대적으로 지구과학 이론을 좀 알 법한 이과생 친구도 별다른 이견 없이 "그래?" 하고 갸우뚱할 뿐이었다. 그렇게 눈치 없던 죄로 한순간 억울하게 인공위성이 된 밝은 빛. 그런데 들어보니 주변에 이런 경험을 한 사람이 생각보다 많았다. 도대체 어디서부터 시작된 이야기일까? 그리고 저렇게 과하게 빛나는 건 정말 인공위성일까?

빛을
당겨보았습니다

잊고 있던 '인공위성' 논쟁이 기억날 즈음에 또다시 궁금함
이 밀려왔고, 이제 내게는 초망원 카메라도 있겠다, 이걸 확
인하지 않을 이유는 없었다. 십여 년 전, 억울하게 낙인찍힌
인공위성은 그때나 지금이나 느낌이 비슷했다(밝은 게 여전
히 눈치도 없음). 이때가 날이 어두워지면 붉은 점이 크게 보
일 시기였는데, 드디어 그 붉은 점을 당겨보았다. 정말 궁금
했다. 입력되어 있는 내 상식으로 저 정도 밝은 빛은 분명
인공위성이어야 했다. 설레는 마음으로 3000㎜ 렌즈를 줌
zooming하기 시작했다.

　　확대된 점은 더 밝게 빛나고 있어서 형체를 알아보
기 힘들었다. 그래서 카메라 밝기를 낮추고 포커스를 조정

했다. '뭔가… 둥글고 붉은 점인데?' 확실히는 모르겠지만 직감적으로 인공위성처럼 보이지는 않았다. 다운받은 앱으로 확인해 보니 놀랍게도 화성이었다. 사실 행성이라고는 전혀 생각하지 못했다. 흔히 밤하늘의 밝은 별이라면 말 그대로 태양같이 스스로 빛나는 항성 중 하나라고 생각했는데 행성이라니 의외였다. 이 사실을 알고 다시 카메라를 쳐다보니 촬영되고 있는 행성은 정말 화성 같아 보였다. 내 기억으론 2020년이었는데 화성이 지구와 가장 가까운 시점이라 마침 목성보다 더 밝고 잘 보이던 시기였다. 그렇게 나는 꽤 오랜 시간 동안 가만히 서서 붉은 화성을 바라보았다.

이때가 가을이 오던 시점이었고 해가 진 이후로 꽤 밝게 빛나는 건 목성과 토성이었다. 목성은 크기만큼이나 반사되는 면적이 넓어서 아주 밝았고 토성도 시상이 잘 보이는 시기라 형상이 뚜렷했다. 수성과 금성은 내행성이다 보니 관측할 수 있는 시간이 상대적으로 짧았다. 오히려 도심에서는 빛 때문에 대표적인 별들 외엔 잘 보이지 않았고 태양 빛을 반사하는 행성들이 더 밝게 보였다. 물론 행성의 크기도 정말 크고, 같은 태양계에 있다 보니 상대적으로

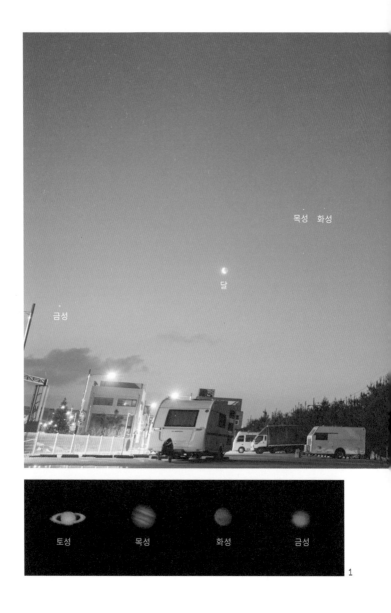

목성 화성

달

금성

토성　　　　　목성　　　　화성　　　　금성

1

토성

2

1 디지털카메라로 촬영한 행성들. 투박한 화질이라 오히려 더 실감 나는 것 같다.
2 왼쪽부터 금성-달-목성-화성-토성이 나란히 보인다. 도심에서 밝게 보이는 빛은
   행성인 경우가 많다.

1 자세히 보면 달 옆에 빛이 보인다. 그게 화성이다.
2 1번을 확대한 장면.

가까운 거리에서 반사되는 빛이 더 밝게 보이는 게 아닐까 싶다. 그런데 이걸 두고 꽤 오랜 시간 동안 인공위성이라고 여겼으니 지금 생각하면 정말 우습다.

그렇다면 왜 '별보다 더 밝은 빛은 인공위성'이라고 알고 있는 사람들이 많을까? 현재 우리가 볼 수 있는 인공위성 중 가장 큰 것은 국제우주정거장이다. 월드컵경기장만 한 크기만큼 태양 빛을 반사할 수 있어서 각이 좋을 때 직접 눈으로 보면 꽤 크고 밝은 빛이 하늘을 가로질러 간다. 아마도 밝은 빛은 인공위성이라는 건 국제우주정거장의 특징이 전달되는 과정에서 사람들에게 와전된 게 아닐까 홀로 추측해 본다.

국제우주정거장을
직접 촬영하던 순간

처음엔 국제우주정거장을 확대해서 볼 수 있을 거란 생각을 전혀 하지 못했다. 국제우주정거장이 태양 면을 통과하는 '선 트랜싯sun transit' 사진을 보기 전까지 말이다. 우리가 발붙이고 사는 지상에서 저 우주 공간에 떠 있는 인공위성과의 거리는 굉장히 막연하게 느껴진다. 그런데 누군가 달과 태양 앞으로 지나가는 국제우주정거장을 그림자 형태로 실감나게 포착한 것이다. 타이밍을 계산하는 것도 정말 놀라웠다(역시 지구엔 똑똑한 친구들이 많다). 이 사진을 촬영한 장비도 내가 사용하고 있는 것과 똑같은 기종의 카메라였다. 그때 두 가지 생각이 머릿속을 스쳐 지나갔다.

'달과 태양 앞으로 지나가는 정거장을 촬영해 봐야지.'

'정거장이 그냥 하늘에 보일 때도 당겨봐야지.'

아주 멀리 있는 대상을 그것도 빠른 속도로 움직이는 것을 카메라로 촬영한다는 건 정말 쉽지 않다. 순발력도 중요하고 숨도 꽤 참아야 한다. 렌즈의 광학 줌에서 디지털 줌까지 활용해야 이런 국제우주정거장의 모습을 촬영할 수 있다. 영상으로 올린 건 원본보다 더 크기를 조정crop해 확대한 장면인데, 실제 3000㎜로 촬영한 정거장의 모습은 작게 보인다. 이런 작은 대상은 조금만 멈칫해도 금방 카메라 시야에서 사라져 이마저도 제대로 촬영할 수 있는 시간은 3분 정도밖에 없다. 국제우주정거장은 이동 속도나 방향을 꽤 예측할 수 있어서 그나마 유리했고, 잘될지는 모르겠지만 어쨌든 충분히 시도해 볼 만하다고 판단한 후 날을 기다렸다.

촬영을 처음 해본 그날이 아직도 생생하다. 꽤 차가운 공기에 양 볼의 감각은 점점 없어졌고, 삼각대의 냉기로 손끝은 얼음을 만지는 듯이 아팠다. 왜 꼭 그런 통증을 느껴야만 현관에 두고 온 장갑이 기억날까. 이런 불편함과 적

당한 긴장감을 느끼며 정거장이 나타나길 기다렸다. 국제
우주정거장 탐색기 앱을 뚫어지듯 쳐다보며 마침내 카운
트다운을 센다. '5-4-3-2-1 삐익!' 카운트다운 후 정확하
게 하늘에 꽤 밝은 빛이 출몰했다. 딱 봐도 "나 우주정거
장"이라고 외치고 있었다. 기다리던 셀럽을 만난 듯이 순
간 가슴이 쿵 내려앉았다. 애써 흥분을 가라앉히며 그 빛
을 향해 카메라를 확대했다. 줌을 하는 동안 카메라 화면
에 미세하게 보이는 빛을 절대 놓쳐서는 안 된다.

정거장이 화면 밖으로 사라지면 다시 줌아웃zoom out
을 해서 위치를 잡는데, 촬영할 수 있는 시간이 제한적이
라 가급적 이 과정을 반복하지 않는 게 좋다. 또 거의 확대
했다 싶을 때 동시에 포커스와 밝기도 조정해야 하다 보
니 촬영의 난도가 꽤 높다. 당연하게도 처음엔 만족할 만
한 영상이 나오지 않았다. 하지만 확대했을 때 어느 정도
국제우주정거장의 형상이 보였다는 게 진심으로 내 가슴
을 뛰게 했다. 내가 느꼈던 순간의 감동을 과정마다 최대
한 영상으로 기록했고, 그 첫 만남의 설렘으로 가득 찬 영
상을 웅장한 BGM과 함께 〈나쫌〉 채널에 업로드했다.

국제우주정거장을 촬영하는 횟수가 늘어갈수록 관

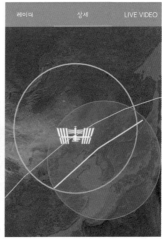

'ISS Detector' 앱 화면.
우주정거장을 관측할 때 밝기 등급과 각도 등 정확한 정보를 얻을 수 있다.

측에 유리한 몇 가지 공통 조건을 발견했다. 우선 우주정거장은 스스로 빛을 낼 수 없다. 태양열 패널 등 본체에 반사된 태양 빛을 통해 우리가 그 모습을 볼 수 있는 것이다. 그렇다 보니 해 뜨기 직전의 새벽이나 해가 지고 난 직후쯤 상공을 지나갈 때 반사각이 가장 좋고 그만큼 선명하게 잘 보인다. 정거장이 지나가는 각도 또한 중요하다. 내가 서 있는 곳을 기준으로 잡았을 때, 높은 각(약 70도 이상)으로 거의 머리 위쪽으로 지나간다면 가시등급은 덩달아 좋아진다.
만약 각이 높은데 관측 시간도 일출 직전과 일몰 직후라면
이런 날은 절대 놓쳐서는 안 된다(고 말하면 꼭 구름이 들고 모
이더라).

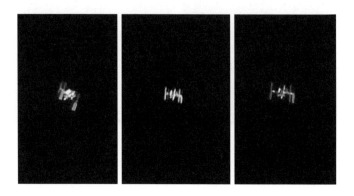

국제우주정거장을 디지털카메라로 가장 멋지게 포착한 장면들.
태양전지판과 본체의 형상을 꽤 뚜렷하게 확인할 수 있다.

이러한 조건에서 포착한 사진이다. 일몰 후 7시쯤 촬영했고 거의 80도 가까운 각으로, 말 그대로 정수리 위쪽을 지나갔다. 이날 후로 우주정거장을 직접 팔로우하며 촬영한 영상 중에 이보다 더 선명한 건 2년이 지난 지금까지 없다. 팔로우 외에 영상도 꽤 자주 촬영해 보았는데 보통은 태양 앞으로 지나가는 국제우주정거장의 실루엣이 강한 빛 덕분에 뚜렷하게 포착된다. 기술의 빠른 발전으로 최근에 출시된 장비들은 구체적인 위치정보를 입력하면 자동으로 우주정거장을 따라갈 수 있다고 하는데 기계로 추적하는 만큼 결과물이 엄청나게 좋다. 손기술로 추적하고 촬영하는 노하우가 조만간 필요 없어질지도 모른다.

노란색 원 안의 빛이 국제우주정거장이다.

저렇게 밝게 빛나며 비행기보다 훨씬 빠르게 이동한다.

내가 밤낮으로
쫓던 것들

● ● ●

이때는 마치 어릴 적 소풍 가기 전날처럼 아침저녁으로 가슴이 뛰었다(미친 사람은 아니니 걱정하진 말자). 설레는 마음으로 잠을 설쳤던 적이 언제였는지 헤아려 보는 것만으로도 마음이 들뜨곤 했다. 밤낮으로 촬영할 게 정말 많았는데 국제우주정거장, 토성, 목성, 화성, 수성, 금성 그리고 보름달, 그믐달, 초승달, 낮달 등 모든 게 촬영 대상이었다. 구름이 많을 때는 호수공원 가운데 바위 위에 있는 거북이나 자라 같은 생물도 확대해서 촬영했고, 날이 저물 때쯤 아름답게 날아가는 철새 무리도 담았다. 김포공항과 인천공항에서 뜨는 비행기도 촬영해 보고, 가시거리가 괜찮을 땐 강화도로 가서 북한도 카메라에 담아보았다. 나만큼 망원 전용

1 호수공원에서 만난 거북이. 자세히 보면 돌 위에 거북이 두 마리가 일광욕 중이다.

2 확대해 보니 돌 짚고 수영 중!

카메라를 잘 활용한 사람도 드물 거라 생각한다.

날씨 맑은 날 새벽에 우주정거장이 지나갈 예정이면 애써 마음을 진정시키며 억지로 일찍 잠든 적도 많았다. 이날도 그런 날이었는데 잠시 뒤(?) 울리는 알람 소리에 눈을 번쩍 떴다. 잠깐 눈을 붙인 것 같은데 네 시간이 지났고 이상하게도 몸은 개운했다. 아직 새벽 2시. 특별하게도 우주정거장이 달을 통과하는 '문 트랜싯moon transit'을 촬영할 수 있는 날이었다. 국제우주정거장과 달의 궤도가 정확히 일치할 때 달 앞으로 지나가는 정거장의 그림자 형상을 촬영할 수 있다.

　미리 현관 앞에 챙겨둔 장비를 주섬주섬 차에 싣고 서둘러 출발했다. 창문을 조금 열면 차가운 새벽바람이 귀 끝을 스쳐, 내가 살아 있다는 것을 실감 나게 했다. 공기를 한번 크게 들이켜면 설레다 못해 가슴이 울렁거릴 때가 있는데, 그 과정을 몇 번 반복하다 보면 어느덧 관측지가 눈앞에 보인다. 35분 뒤에 국제우주정거장이 지나간다는 생각에 손과 발을 바쁘게 움직였다. 새벽 손님을 맞이하는 설렘으로 위치를 잡고 삼각대를 세웠다. 보통 두 대의 카메라를 운용하는데 하나는 넓은 화각을 잡아 전체 진행 모습을 보

1 강화도에서 촬영한 북한 모습 1. 선전 문구와 사진이 보인다.

2 강화도에서 촬영한 북한 모습 2. 소달구지와 인민 트랙터가 보인다. 트랙터를 피하려
다 소를 몰고 가는 사람이 길 밖으로 빠지는 모습이 영상으로 포착됐다.

3 인천공항전망대에서 촬영한 비행기 모습. 꽤 먼 곳에서 확대 촬영했다.
4 석양과 구름, 비행기의 모습. 마치 천국으로 비행하는 느낌이다.

산 능선을 넘어가는 그믐달. 나뭇가지들의 모습이 인상적이다.

여주고, 나머지 하나는 가능한 최대로 확대해 우주정거장의 모습을 쫓아간다. 준비가 끝나면 국제우주정거장 앱으로 곧 찾아올 새벽 손님을 기다리다 카운트다운을 시작한다.

5, 4, 3, 2, 1, 카운트다운 소리와 함께 우주정거장이 출몰했다는 표시가 뜬다. 하지만 일몰 직후와 일출 직전과는 다르게 트랜싯은 태양이나 달 앞으로 국제우주정거장이 지나가는 순간만 볼 수 있다. 태양을 등지고 아직 한밤중인 지역을 지나가고 있으니 눈에 보이지 않는 것이다. 달 앞으로 지나가는 순간 보이는 건 마치 TV 프로그램 〈히든 싱어〉에서 정체를 감춘 싱어의 실루엣만 보이는 원리와 같다. 무대 뒤편에서 쏘는 스포트라이트에 사람의 형체만 보이는 것처럼 (태양빛을 반사하는) 달빛 앞으로 지나가는 우주정거장은 실루엣만 보인다. 하지만 달 앞을 지나가는 순간 외에는 형체를 볼 수 없기 때문에 '트랜싯'을 촬영할 때는 특별히 타이밍에 더 신경을 써야했다. 지구의 자전을 따라가주는 적도의 장비를 사용하지 않는다면 카메라 화면에 보이는 달이 움직이기 때문이다. 그래서 앱을 통해 실시간으로 정거장의 위치를 잘 확인한 후 통과하기 직전에 달이 화면 가운데 올 수 있도록 타이밍을 맞추는 게 중요하다.

1 달 앞으로 지나가는 국제우주정거장. 일몰 직후라 우주정거장의 모습이 더 밝게 보였다.
2 카메라 셔터 스피드를 높였다면 형상이 더 뚜렷하게 보였을 것이다.

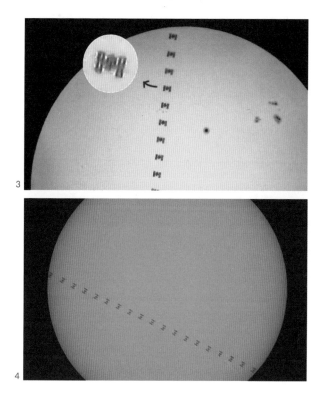

3 태양 앞으로 지나가는 국제우주정거장. 오른쪽에는 흑점이 많이 보인다.

4 붉은 태양 앞으로 지나가는 국제우주정거장.

3부

가슴 뛰는 일이라면

천체 망원경이
얼마라고요?

초망원 디지털카메라로 찍을 수 있는 것들은 거의 다 시도
해 봤다. 그러다 문득 안드로메다은하도 동영상으로 촬영
해 보고 싶었다. 물론 확대할수록 더욱 어두워지는 촬영의
특성상 동영상으로는 거의 불가능하고 보통은 많은 빛을
모은 단 컷으로 촬영해야 하지만 무작정 시도해 보고 싶었
다. 정확한 별자리를 하나씩 짚어가며 원하는 위치로 찾아
가는 일명 '스타호핑'을 꽤 많이 했다. 그러고는 안드로메다
은하가 있는 자리까지 겨우겨우 찾아갔는데 역시나 대상
이 잘 안 보였다. 아마 카메라 ISO(감도) 사양이 더욱 높았
다면 그나마 느낌만이라도 담을 수 있겠지만, 말처럼 쉬운
기술력은 아닌 것 같다.

'스타호핑'으로 안드로메다은하가 있는 위치까지 찾아가는 이 모든 과정을 실감 나게 영상으로 담았고, 감사하게도 많은 분이 공감해 주었다. 하지만 나는 분명 한계를 느끼고 있었다. 두 번의 '떡상' 구간이 있었지만, 구독자 수도 정체기였고 그해 초에 3000명 정도가 구독을 취소했다. 이유도 모른 채 정말 힘이 빠지는 시기였다. 애초에 유튜브로 잘되기 위해 시작한 건 아니었는데도 어느 순간 구독자를 신경 쓰지 않을 수 없었던 상황이라 빠져나간 3000명의 빈자리는 크게 느껴졌다.

　　심우주(딥스카이) 촬영도 꼭 해보고 싶던 영역인데 이 타이밍이 겹치면서 이전부터 조금씩 공부해 오던 천체망원경을 본격적으로 탐색하기 시작했다. 찾아볼수록 예상했던 것 이상의 돈이 필요해서 걱정이 많았다. 진입장벽이 높은 취미라는 것은 알고 있었지만 홀로 눈으로 감상하는 용도의 안시 관측이 아니었고, 영상과 사진 촬영이 목적이라 장비 구입비용의 수준이 달랐다. 선택을 해야 했다. 한계를 넘어설지, 아니면 이대로 적당히 하던 것만 할지. 안드로메다은하를 찾아가는 영상에서 결국 촬영에 실패한 후 마무리하는 부분에서 조금 미래지향적인 말을 했다.

'언젠가 안드로메다은하를 천체 망원경으로 보여드릴 수
있는 날이 올 거라 믿어요. 그때까지 함께해 주실 거죠?'

은근슬쩍 약속 아닌 약속을 했는데 예상치 못한 응
원 댓글이 정말 많이 달렸다. 하지만 생계로 하는 일이거나
부자가 아니고서야 누가 취미로 몇천만 원이 넘는 장비를
쉽게 살 수 있을까. 한계를 넘어선다는 말은 참 멋지지만,
그 선택에 대한 책임이 가볍지 않기 때문에 쉽게 결정을 내
릴 수 없었다.

수동 제어 조건으로 눈으로만 관측하는 안시 망원경
은 나름 저렴한 가격에 구할 수 있다. 부피와 무게는 꽤 나
가지만 그만큼 안시 성능이 뛰어난 돕소니안 망원경이 바
로 그것인데, 약 150만 원 정도면 충분하다. 하지만 나는 촬
영이 가능한 구성으로 맞추다 보니 적도의와 망원경 그리
고 카메라 본체만 해도 예상 금액이 1000만 원은 우습게
넘어갔다. 그 외 추운 환경에서도 오래 버틸 수 있는 배터
리와 다른 액세서리를 합치면 그 값이 웬만한 풀 옵션 경
차 한 대 이상이다('경차 한 대 뽑고 드라이브나 다닐까?'라고 진
지하게 고민했다. 아주 잠시).

아니, 한번 해보고 후회하자 Ⅱ
_일시불

천체 망원경에 도전하기로 결심했다. 예산 계획을 먼저 세 웠는데 최대 2000만 원 안에서 심우주를 촬영할 수 있는 대표적인 장비로 구성을 알아보았다. 하지만 천체 망원경 의 구성품은 단순하지 않았다. 누가 봐도 '나 천체 망원경 이다' 싶은 크기의 경통에 대충 잘 돌아가는 적도의와 삼각 대만 있으면 될 것 같았는데 그건 흔한 착각이었다. 필요한 구성품은 하나부터 열까지 모두 선택의 연속이고 작은 구 성까지 이래저래 조합을 하면 비용이 꽤 커진다. 직구를 해 야 하는 물건도 있어서 구매와 배송에 적지 않은 노력과 시 간이 들어간다. 그래서 찾아보고 공부하던 중 현실적인 절 충점을 고민한 끝에 내린 결론은 '중고제품 일괄구매'였다.

내가 원하는 장비는 받자마자 바로 촬영이 가능한 조합인데, 사놓고 잘 안 쓰다 결국 매물로 내놓는 용자가 나타나길 간절히 손 모아 기도하며 기다렸다. 중고제품이라도 천체 망원경은 조건이 괜찮다. 왜냐하면 천체 촬영은 날씨가 관건인데, 사실 작정한 마니아층이 아니고서야 웬만해선 촬영하러 나갈 수 있는 날을 손에 꼽는다. 심우주 촬영용이라 가정하고 한 달을 놓고 보면, 보름을 기준으로 달이 최대한 없는 날에만 제대로 촬영할 수 있다. 장노출을 해야 보이는 어두운 대상이라 달빛이 눈치 없이 밝으면 장노출 촬영 시 사진이 마치 대낮처럼 하얗게 타버린다. 그래서 한 달 중에서 달이 최대한 없는 날에 나가야 하는데, 그런 날은 또 꼭 구름이 있다. 혹 날이 맑더라도 바람이 많이 불거나 잘 보이는 정도인 '시잉seeing(대기의 안정성)'이 나쁘면 촬영이 어렵다. 그리고 날이 좋더라도 평일에 자유롭게 촬영을 나갈 수 있는 학생이나 직장인이 얼마나 있을까. 그렇게 고이 모셔두고 하루 이틀, 한 달 두 달 미루다 해가 지나 중고로 나온 제품이 내게 당첨될 것이라는 혼자만의 '행복 회로'를 가동한 채 구매 글을 올렸다.

제목 : 촬영 가능한 조합의 천체 망원경 일.괄.구.매.합니다

중고거래이니 일시불로 값을 치를 '총알'이 필요했다. 열심히 모아둔 아주 작고 소중한 내 월급통장에, 부족한 금액은 은행 대출을 받았다. 대출까지 받아가며 취미생활을 해본 적은 없던 터라 요동치는 심장을 다스리기 위해 스스로 대의명분大義名分을 만들었다. 집 나간 후 소식 끊긴 개념이 잘 지내는지, 오매불망 안드로메다은하를 보고 싶어 하는 수많은 사람을 대표해 내가 십자가를 져야겠다, 라는 결의에 찬 사명감으로.

사실 내가 가장 보고 싶었다. 안드로메다은하의 영롱한 모습, 또 다른 대표적인 성운과 성단도 직접 촬영하고 싶었다. 처음에 토성을 찍기 위해 카메라를 구입할 때 "해보고 후회하자"라는 말을 했듯 이번에도 같은 마음이었다. 한 사람의 인생을 일생이라고 하지 않는가. 한 번밖에 없는 삶인데 가슴 뛰는 일이라면 반드시 해보고 죽어야 후회가 없다고 생각한다. 나는 범죄라거나 나와 다른 사람에게 해를 끼치는 일이 아니라면 어떤 것이든 직접 해봐야 직성이 풀리는 사람이다.

누구나 해보고 싶은 일은 적어도 하나씩 있을 것이다. 하지만 나만의 스토리를 만들 수 있느냐의 여부는 결국 실행력, 머릿속의 생각을 행동으로 옮기느냐 못 하느냐에서 나뉜다. 잘할 필요도, 너무 복잡하게 생각할 필요도 없다. 하고 싶으면 그냥 해보자. 그러나 생각했던 것과 실제는 다를 수 있다. 이게 정말 내가 원하는 일이고 잘할 수 있는 일인지를 판단할 수 있는 사람은 본인밖에 없다. 또 확인할 수 있는 가장 빠르고 정확한 방법도 직접 해보는 것이다. 사람마다 기준은 다를 텐데, 나는 적어도 몇 주 동안 생각이 계속 맴돌면 해봐야 하는 일로 분류한다. '재밌겠다', '해봐야지' 하고 지나가 버리는 생각도 아주 많지만, 정말 계속 생각나는 것들은 이유가 있지 않을까.

거금을 투자해 천체 망원경을 구입하는 것도 사실 꽤 오랜 시간 머릿속에 맴돌았다. 이럴 거면 그냥 해보는 거다. 이미 7만 명의 구독자가 생겼다는 것은 그만큼 반응도 괜찮다는 뜻이다. 여기서 한계를 넘어 순수하게 도전하고 싶은 마음도 적잖이 커졌다. 그렇게 결심한 이후로 예산 계획을 세워 바로 대출부터 받았다. 경우의 수에 대한 생각과 계산이 많아지면 답도 없이 똑같이 반복되는 질문에 머리

얼핏 보름달로 보이는 그믐달.
달과 행성 그리고 산과 구름의 조화가 정말 아름다웠던 새벽이다.

이날 그믐달과 금성의 모양은 정말 비슷했다.

밤샐 때 아무리 피곤해도 해 뜨는 순간은 꼭 보는 편이다.

어둠과 빛이 교차할 때 순간마다 변하는 색깔의 조화가 너무 아름답기 때문이다.

만 복잡해지는데, 계획한 대로 대출을 받으면 이미 실행했기 때문에 쓸데없는 고민은 자연스레 정리가 된다.

대출을 받고 구매 글을 인터넷 중고장터에 작성해 올렸다. 이렇게 하나씩 해나가는 것이다. 그리고 얼마 지나지 않아 몇몇 사람에게서 문자가 왔다. 내가 생각한 장비보다 20~30퍼센트 부족한 조합이지만 나쁘지 않은 조건이었다. 하지만 덥석 진행하기보다 조금 시간의 여유를 두고 생각해 보겠다고 양해를 구했다. 중고 구매는 어차피 타이밍이 관건이라 스스로 급해지면 좋을 게 없다. 그리고 얼마 후 매우 감사하게도 내가 원했던 구성에 거의 근접한 장비를 가진 분이 연락을 주었다. 물론 일괄구매로 진행하다 보니 나에게 필요 없는 제품도 있었지만, 100퍼센트 만족스러운 거래를 할 수는 없었고 이미 95퍼센트 이상 원했던 조합이라 거래를 진행하기로 했다. 그렇게 글을 올린 지 며칠이 안 되어 장비를 구했다. 서로 약속한 시간과 장소에서 만나 거래를 했고 이 과정을 촬영해 영상으로 업로드했다. 그리고 난 유튜브를 시작하고 처음이자 마지막으로 섬네일에 이런 문구를 적었다.

"흐음… 구독과 좋아요를 부탁드려야 할 것 같습니다…"

(해석 : 대출이 후달리거든요)

중고로 일괄 구매한 천체 망원경.

직거래 직후 다시 세팅해 보니 너무나 멋진 모습이었다.

그런데 해체를 어떻게 했더라?

우연을 필연으로
만드는 확실한 방법

판매자와 중간 지점에서 만나기로 했다. 천안아산 지역의 한 대학교 캠퍼스에서 거래를 진행했는데 기분이 참 묘했다. 경건한 마음(?)으로 마주한 물건은 정말 좋았다. 바랐던 대로 거의 사용하지 않은 귀한 '망원경 님'이었다. 판매자도 "아! 지금 이 순간에도 이걸 팔아야 하나 고민돼요"라는 말을 반복했다. 리얼한 중고거래 현장은 〈나쫌〉 채널에 업로드했는데 에피소드도 많아서 영상으로 보길 추천한다.

나는 촬영 방식을 잊지 않기 위해 집 앞에서 여러 번 세팅 연습을 했다. 촬영을 위한 기본 세팅은 어느 정도 감이 오는데 처음 접해보는 모노^{MONO} 촬영 방식은 정말 낯설었다. 일반 카메라 촬영이라면 나름 지식도 있고 꽤 자신 있지만, 천체 촬영 방식은 아주 달랐다. 비슷한 듯 아예 다른 분야랄까. 장비만 마련되면 바로 적응해서 촬영할 줄 알았는데 당황스러웠다. 천체 관측 커뮤니티에서 정보를 계속 찾아보고 댓글 문의도 많이 봤지만 글로 배우는 것은 한계가 있었다. 독학으로만 진행할 여유는 없었기에 관측 모임을 찾아다니며 직접 가서 배워야겠다는 생각이 들었다. 그래서 커뮤니티에 도움 글을 올렸고 나는 '캡틴강'이라는 닉네임을 사용하는 분으로부터 쪽지를 받았다.

첫 만남은 홍천에서였다. 아직은 낯선 장비들을 트렁크와 뒷좌석에 가득 싣고 두 시간가량 운전해서 한 관측지에 도착했다. 처음 만나는 자리인데 처음 가는 곳, 그것도 깜깜한 어두운 밤이다 보니 뭔가 느낌이 묘했다. 보통 천체 관측을 할 땐 붉은색 랜턴을 사용한다. 어두운 곳에 적응하는 눈, 눈의 암적응을 최대한 보호하기 위해서 가장 영향을 적게 주는 붉은 빛을 사용하는데, 첫 만남에 서로 붉은 얼굴을 마주하니 그 인상이 정육점 냉동고에서 만난 듯 아주 강렬했다. '캡틴강' 님은 매우 친절했고, 한창 촬영 중인데도 나의 첫 장비를 하나씩 봐주었다. 시작을 제대로 이끌어 줄 내공 있는 사람을 만났다는 직감이 들었고, 설레는 마음으로 며칠 동안 연습했던 장비 세팅을 시작했다.

얼마 후 준비를 끝내고 원격 조정 장치의 전원을 켰는데 카메라에 아무런 반응이 없었다. 옆에 있던 분들의 표정도 심상치 않다. "어? 이 소리가 아닌데…" 작동이 제대로 될 때 발생하는 기분 좋은 "삐" 소리가 아니라 귀에 거슬리는 영 기분 나쁜 소리만 울려퍼졌다. "여기까지 오는 데 얼마나 걸리셨죠…?" 이 순간이 해결되길 마음속으로 간절히 빌고 있었는데 심오한 질문을 듣는 순간 망했다는 것을 눈치챘다. 설명을 들어보니 원격 장비에 꼭 필요한 SD 카드에 문제가 있었다. 용량을 확보하기 위해 SD 카드를 포맷했는데 그때 원격 장비의 운영체제 시스템까지 지워버린 것이었다. 그 순간 출발 전에 깨끗이 비워내는 기분으로 콧노래까지 부르며 SD 카드를 포맷하던 내 모습이 떠올라 "아하하하" 웃으며 바로 망원경을 해체하기 시작했다.

두 시간을 달려와서 첫인사까지 나누고 카메라를 세팅한 후 바로 철수하려니 그 상황이 참 웃기면서도 허탈했다. 다들 비슷한 경험이 있어서 자신의 사례를 이야기하며 위로해 주었는데 어떤 분은 노트북을 놓고 오거나, 장비 운용에 필요한 배터리만 빠뜨리고 오는 등 다양했다. 그렇게

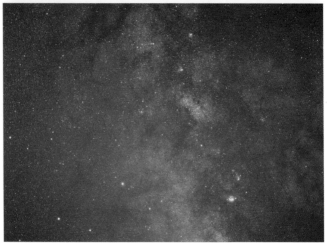

25㎜와 55㎜ 렌즈로 촬영한 은하수.

위로를 받고 밤 풍경이나 촬영해야겠다 싶었는데, 그런 내가 안쓰러웠는지 옆에 있던 분이 적도의 하나가 남는다고 빌려주었다. 천체 망원경으로 심우주를 촬영하진 못했지만 그 적도의 덕분에 은하수 사진을 멋지게 담을 수 있었다.

우연을 필연으로 만드는 가장 확실한 방법은 한번 해보는 것이다. "시작이 반"이라는 말도 있지 않은가. 꼭 해 보고 싶은 일이 있거나 만일 안 했을 때 언젠가 후회할 것 같으면 그냥 해보는 거다. 어떤 것이든 하고 싶은 게 생기면 자연스럽게 스마트폰으로 검색부터 시작한다. 구체적인 실행을 위해서는 관련 카페나 커뮤니티를 통해 직접적인 방법을 찾고 조금의 의지가 있다면 답을 얻기 위해 질문을 하는데, 그렇게 한 발씩 찾아가다 보면 알고자 하는 내용이 학습되고 방향도 잡힌다. 그다음 무엇을 해야 할지도 뚜렷해진다. 또 이런 과정 중에 내게 도움을 줄 수 있는 좋은 사람들을 만날 확률도 높아지는 것을 늘 경험했다.

모든 걸 알고 가는 길은 없다. 목표를 잡고 한 발씩 걸어가는 그 작은 발걸음이 모여 결과를 이룰 수 있는 것인데, '우연'이라고 생각되는 운과 인연은 어쩌면 내가 '실천'했기 때문에 비로소 얻게 된 '필연'이 아닐까 생각해 본다.

지나가는 구름 사이로 반짝이는 별들이 정말 아름다웠다.

이 길을 따라가면 달에 도착할 수 있을까?

드디어 마주한

심우주

낭만적인 은하수 아래에서의 첫 만남을 뒤로하고 타이밍이 맞을 때마다 캡틴강 님과 관측지에서 만나서 천체 촬영에 대한 지식을 하나씩 배워나갔다. 그동안 혼자 습득했던 것을 조각모음하는 순간이었다. 우선 '극축정렬'부터 제대로 배웠다. 방식은 조금씩 달라도 모든 적도의는 극축정렬을 필수로 해야 한다.

태양과 달, 수많은 별은 우리 눈에는 움직이는 것처럼 보인다. 시간별로 위치가 변하는 이유는 지구의 자전 때문이다. 적도의는 지구의 자전과 반대로 움직이는 역할을 하기에 적도의에 올린 카메라로 장노출을 했을 때 별들이 선을 긋는 일주운동이 아니라, 눈에 보이는 동그란 모양 그대로 가만히 있는 것처럼 촬영할 수 있다. 여기서 극축정렬을 하는 이유는 간단하다. 우리는 지구가 23.5도로 기울어져 있다는 사실을 알고 있다. 기울어진 자전축과 적도의의 방향과 각을 최대한 맞춰야 지구의 자전운동 효과를 제대로 없앨 수 있다.

보통 딥스카이 대상들은 도저히 상상이 안 되는 아주 먼 거리에 있다 보니, 망원경으로 확대하다 보면 어두울 수밖에 없다. 망원경의 밝기 스펙에 따라 다르지만 한 장의 사진을 촬영하기 위해 보통 짧게는 30초 이상, 길게는 5분 이상의 장노출 촬영은 필수인데, 극축정렬을 정확히 해야 오랜 시간 노출을 해도 대상이 흐르지 않는 선명한 사진을 담을 수 있다. 물론 여기서 '가이드'라는 개념도 필수다. 일반 망원경이나 카메라로 별이나 행성을 조금만 확대해도 알 수 있다. 우리 눈으로 볼 때와는 달리 확대해서 보면 꽤 빠른 속도로 천체들이 움직인다. 확대하면 할수록 더 빠르게 느껴지는데, 촬영하고자 하는 대상 주변의 별들을 실시간으로 추적해 따라감으로써 가이드는 극축정렬의 오차를 보완해 주는 역할을 한다. 넓은 광각으로 은하수를 촬영할 때는 적도의의 기본 극축정렬로도 충분하지만, 확대를 많이 해야 하는 딥스카이 촬영엔 이 '가이드'가 꼭 필요하다. '극축정렬'을 하면 지금 가장 잘 보이는 대상부터 관측 가능한 리스트를 확인할 수 있고, 그 위치를 클릭 한 번(GO-TO 기능)으로 이동할 수 있다. 처음 해보면 우주 여행에 필요한 내비게이션을 얻은 느낌이 드는데 꼭 나만의 작은 천문대를 가진 것만 같다.

이때는 마침 펠리컨성운과 북아메리카성운의 고도가 높이 올라온 시기였다. 적도의가 반응했고, 아이패드 화면으로 흐릿하게 보이는 모습을 확인한 후 노출을 좀 더 주고 다시 촬영했다. 흑백 사진이지만 선명하게 보이는 펠리컨성운. 내가 산 장비가 제값을 하는 기분이 들었고 지금까지 짧은 듯 길었던 힘든 과정들이 순간 머릿속을 스쳐 지나가니 감회가 새로웠다. 당장 맨눈으로는 보이지 않는 두 성운의 모습을 담아내는 카메라가 대견스러웠다.

천체 전용 카메라는 컬러와 모노 방식이 있는데, 나는 모노 카메라를 구입했다. 우리가 쓰는 스마트폰 카메라를 비롯한 모든 디지털카메라는 기본적으로 컬러 카메라로, 촬영하면 보이는 것 그대로 색 정보를 담아 결과를 보여준다. 반대로 모노 카메라는 색상별로 촬영하는 방식이다. 편의성과 효율성은 당연히 컬러 카메라가 뛰어나다. 조건 그대로 촬영하면 되기 때문에 정말 편하지만, 모노 카메라의 섬세함을 따라가기엔 분명 한계가 있다.

처음이라 신기하고도 어색했던 펠리컨성운Pelican Nebula 촬영.
펠리컨의 모습이 보인다. 불완전한 촬영이었지만 처음이라 의미가 컸다.

테스트로 촬영해 본 북아메리카성운North America Nebula,
색 정보가 부족해서 보정이 불완전하다.

요즘에는 스마트폰 카메라도 압축하지 않은 원본 그대로의 대용량 RAW 촬영을 지원한다. 게다가 미러리스 등 렌즈 교환식 카메라 사용자가 많아져 RAW에 대한 개념이 과거보다는 많이 보편화되었다. 사진이나 영상을 보정할 때는 더 많은 색 정보를 담은 파일이 유리할 수밖에 없다. 최근 출시되는 카메라들은 기본 화소 수와 평균 스펙이 워낙 뛰어나다 보니 압축된 JPEG로 촬영한 기본 사진도 꽤 훌륭하다. 하지만 보다 세밀한 보정을 하기 위해서는 RAW 촬영을 해야 한다. 그런데 RAW 촬영을 하더라도, 사진 1장 안에 모든 색 정보를 담는 일반적인 촬영과 달리 레드, 그린, 블루 등 채널별로 각각의 색 정보를 따로 촬영한다면 더욱 디테일한 결과물을 표현할 수 있다. 이게 모노 카메라 방식이다. 예를 들어 오리온성운을 30초 동안 노출해 촬영했다고 하자. 오리온성운에서 뿜어져 나오는 빛에는 여러 가지 색깔이 있는데 그 모든 걸 한 장에 담은 컬러 카메라와 각 컬러를 따로 담은 모노 카메라의 색 정보는 결과물이 다를 수밖에 없다. 촬영된 소스를 바탕으로 더욱 섬세하게 색 보정을 할 수 있다.

하지만 결과물이 좋은 만큼 단점도 있다. 우선 촬영

과 편집에 더 많은 시간과 노력이 필요하다. 빛을 파장별로 나눈 것을 '스펙트럼'이라고 하는데, 우주에는 우리가 눈으로 볼 수 있는 '가시광선'으로 촬영할 수 있는 대상들이 있고, 눈으로 거의 볼 수 없는 소위 '협대역' 대상이 있다. 모노 카메라는 각 대상에 맞는 필터를 사용해 각각 따로 촬영해야 한다는 부담감이 크다. 또 딥스카이 촬영은 장노출로 인한 열상 노이즈 등 여러 가지 장애 요소가 많다 보니 이를 보완하기 위해 플랫 프레임과 다크 프레임을 별도로 촬영해야 한다. 한마디로 아주 손이 많이 가고 번거롭다는 뜻이다.

사진 1장을 촬영할 때 노출을 120초로 세팅하면 1시간에 약 30장을 촬영할 수 있다. 그렇게 각각 네 가지 채널을 촬영하면 대략 두 시간 동안 60장을 찍는 셈이다. 그렇게 촬영한 데이터를 전용 프로그램으로 편집해 한 장의 결과물로 만들어 낸다. 물론 보정 작업도 필수다. 보정은 무無에서 유有를 창조하거나 합성하는 게 아니라, 촬영된 데이터를 기본으로 대상의 특징적인 부분들을 좀 더 드러나게 만드는 과정이라고 보는 게 더 정확하다. 그리고 H, O, S 필터로 촬영하는 '협대역' 대상은 이미 사람의 눈으로는 볼

수 없는 영역이라 정확한 원색이 무엇인지는 알 수 없다. 이 색상을 보편적인 보정 원리를 기준으로 우리가 볼 수 있는 가시광선 영역의 레드, 그린, 블루로 치환해서 보는 게 지금까지 줄곧 봐왔던 천체 사진이지만, 앞서 이야기한 대로 원래 색을 알 수 없다보니 더 상상력이 자극되는 것 같다.

유독 구름이 많게 느껴지던 그해 여름이 지나고 선선한 가을이 익어갈 무렵, 점점 겨울철에 볼 수 있는 심우주 대상의 고도가 높아지기 시작했다. 선선한 바람이 차가운 공기가 되어 코끝이 시려올 즈음에 또다시 가슴이 뛰기 시작했다. 그토록 기다려왔던 안드로메다은하와 오리온성운, 불꽃성운, 말머리성운, 플레이아데스성단 등 꿈꿔온 딥스카이 촬영 준비를 모두 마쳤으니까.

높은 고도의 대상을 촬영 중인 천체 망원경.
망원경 뒤쪽으로 오리온자리가 보인다.

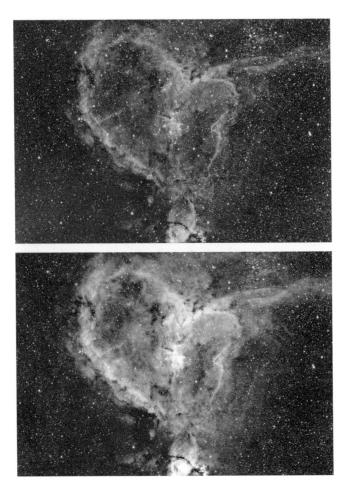

각각 다르게 보정한 하트성운Heart Nebula. 이미 사람의 눈으로 볼 수 없는 색이라고 한다.

각각 다르게 보정한 장미성운Rosette Nebula. 우주에도 꽃이 있다.

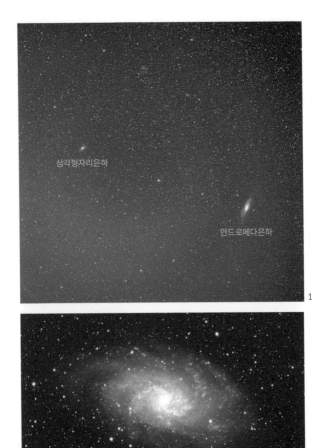

삼각형자리은하

안드로메다은하

1

2

1 안드로메다은하 왼쪽에 삼각형자리은하Triangulum Galaxy가 있다.

2 천체 망원경으로 촬영한 삼각형자리은하.

벽을 넘어서자
보이는 세계

디지털카메라로는 도저히 촬영할 수 없는 한계점이 있다. 그 한계를 넘기 위해 장비를 업그레이드하니 마침내 새로운 세상이 열렸다. 맨눈으로 보이지 않는 딥스카이 대상을 촬영할 때 느끼는 희열. 나는 날이 좋을 때마다 원했던 대상을 하나씩 촬영하기 시작했다. 아직 스스로 만족스럽지 못한 결과물이 많고 여전히 갈 길이 멀게 느껴진다. 그리고 아마추어 천체 촬영 고수가 많기에 감히 사진만으로는 명함을 내밀지 못하겠다. 천체 촬영에 입문한 후 길잡이가 되어준 '캡틴강' 님도 하나의 대상을 촬영하기 위해 며칠 밤을 새우는 분이다. 그런 노력과 수고로 담아낸 사진은 한눈에 봐도 퀄리티가 다르다.

1

1 세 번 촬영해 완성한 안드로메다은하.

2 가운데에 옹기종기 모여 있는 별들이 바로 플레이아데스성단Pleiades Cluster.

3 2번을 천체 망원경으로 촬영한 모습. 더 길게 촬영했다면 푸른색의 뿌연 띠들이 더 풍성하게 보였
   을 것이다.

2

3

1

1 겨울철에 친숙한 오리온자리를 촬영하면 쉽게 오리온성운Orion Nebula을 발견할 수있다.

2 천체 망원경으로 촬영한 오리온성운.

3 오리온자리를 대표하는 세 개의 별 중 가장 아래쪽에 있는 별을 촬영하면 말머리성운Horsehead Nebula을 발견할 수 있다. 천체 망원경으로 촬영한 말머리성운과 불꽃성운Flame Nebula.

2

3

하지만 나는 지금까지도 소위 '가성비'를 생각해 촬영한다. 그 자체로 예술을 추구하기보다는 적절한 선에서 영상을 만드는 것에 초점을 맞춰왔다. 그래서 촬영을 나가면 할 게 많아 밤새 혼자 바쁘다. 시간을 계산해 가능한 한 최대로 두세 개의 딥스카이 대상을 촬영한다. 그런 후 한두 시간씩 자리를 이동하며 타임랩스 촬영을 한다. 또 이 모든 과정을 따로 기록한다. 주제에 따라 다르지만, 이것저것 하다 보면 나도 모르는 사이 동이 틀 때도 있었다. 매번 촬영만 나갈 순 없기에 한 번 나갔을 때 되도록 많은 대상을 촬영해 오려고 노력한다(그래서 피곤하다).

때론 안시로 관측하는 분들은 그 취미 자체를 즐기는 것 같아서 부럽기도 했다. 유튜브를 위해 시작한 것만은 아니지만 업로드를 생각하지 않을 수 없는 딜레마일까. 온전히 혼자만 누리고 있기엔 몸이 근질근질한 성격이라 뭐든 아름답고 신기한 것들을 촬영해 많은 사람과 나누고 싶은 게 내 역할이자 숙명인가 싶기도 하다. 조금 더 자유로운 마음이 생길 때 한 주, 혹은 몇 달의 여유를 두고 퀄리티 높은 촬영을 시도해 보고 싶다. 물론 힘에 부치고 생각대로 되지 않을 때는 괜한 일을 벌이고 있는 건 아닐까 하는 마음이 들기도 한다. 하지만 그럴 때마다 친절한 구독자의 댓글을 새기며 힘을 얻는다.

"형! 건강보다 업로드가 우선인 거 알지?"

4부

망했다고 느꼈던 날, 레너드 혜성을 만났다

(● ●   싸늘하다

뭘 해도 안 되는 그런 날이 있다. 마치 작정이나 한 듯 계획
했던 것들은 한 끗 차이로 빗나가 버렸다. 솔직히 이럴 땐
정말 화가 난다. 왕복 네 시간 거리를 오가는 수고 때문인
지 마음을 비워야 하는 걸 알면서도 허탈한 기분이 드는
건 어쩔 수 없다. 사실 출발부터 늦었다. 예정대로라면 이미
천문대에 도착해야 할 시간인데, 내 의지와 상관없이 갑자
기 치고 들어오는 일정 때문에 저녁 9시쯤 겨우 짐을 꾸려
출발할 수 있었다. 시작이 늦어지니 뭔가 기운이 빠졌지만
나는 애써 무거운 발걸음을 옮겼다.

　이날은 천문대에도 사람이 많이 없었다. 평일에는 한
산한 편이지만 그래도 이렇게까지 조용한 날이 있었나 싶

을 정도로 고요했다. 분위기 파악을 위해 천문대를 한 바퀴 돌아본 후 장비를 하나씩 세팅을 하고 있는데 카메라와 삼각대를 연결하는 슈^{shoe}가 보이지 않았다. 아무래도 부랴부랴 짐을 챙겨오는 과정에서 놓친 것 같은데 이게 없으면 삼각대와 카메라를 결합할 수 없다. 그런데 문제는 삼각대뿐이 아니었다. 포터블 적도의에 꼭 필요한 슈도 빠져 있었다. 이렇게 되면 적도의도 마찬가지로 무용지물이 된다. 고요한 분위기 속에서, 그렇게 나는 두 가지 장비를 잃었고 정신줄까지 놓을 뻔했다. 포터블 적도의로 안드로메다은하와 플레이아데스성단을 촬영할 예정이었는데, 그 계획이 날아가 버린 셈이다. 내가 할 수 있는 건 남은 삼각대 하나와 카메라만으로 일반 밤하늘 타임랩스를 촬영하는 것과 천체 망원경으로 심우주를 촬영하는 것밖엔 없었다.

힘들게 왔는데 시작부터 사기가 꺾여버리는 기분… 귓가에 이는 바람 소리를 잠시 느끼다 한숨 한번 내뱉고 주섬주섬 다른 장비를 꺼냈다. 오늘은 무리하지 말고 조금만 찍다가 일찍 들어가자 생각하고 타임랩스 촬영부터 시작했다. 딥스카이를 담기 위해 천체 망원경을 세팅하니 이미 자정이 훌쩍 넘은 시간이었다. 사실 김이 좀 새버린 날이라 그렇게 열정적으로 촬영하진 않았다. 게다가 늦게 출발해 피곤했던 탓에 촬영 스케줄을 맞춰 놓고 차에서 잠깐 잠이 들었는데 일어나 보니 두 시간이나 지나 있었다. 대충 정리하고 출발해야겠다 생각하며 멍하게 관측 앱을 확인하는데 북동쪽 지평선 위쪽으로 혜성 하나가 떠 있는 게 보였다. 혜성이나 소행성은 관측과 상관없이 그 자리에 존재한다는 것을 보여주는 정보가 많아서 실제로 관측이 어려운 것도 앱에는 표시되는 경우가 많다.

별로 기대하지 않은 채 이름을 확인하니 '레너드 혜성'이란다. 혹시나 해서 적도의에 이름을 검색했는데 관측할 수 있는 대상 리스트에 뜨는 게 아닌가. 차에서 개구리처럼 튀어나와 반신반의하는 마음으로 '고투GO-TO'해 보니 망원경이 움직이기 시작했다. '정말 촬영할 수 있는 혜성일까?', '낚이는 건 아닐까?' 여러 궁금증을 품은 채 망원경이 멈추기를 기다렸고 샘플 촬영 결과물을 보는 순간, 입이 딱 벌어졌다. 짐을 챙겨 집에 가야겠다고 생각한 지 몇 분이 지나지 않아, 생각지 못했던 혜성과 마주하게 되었다.

어쩌다 보니
나에게 온

촬영한 사진이 아이패드 화면으로 전송될 때 정말 온몸에 소름이 돋았다. 안드로메다은하와 다른 성단, 성운들을 촬영할 때도 희열을 느꼈지만, 생애 한 번밖에 볼 수 없는 레너드 혜성의 모습을 마주할 때 그저 감탄사만 연발할 뿐이었다. 모노 카메라이기에 당장 화면에는 흑백으로 보이지만 마치 입체적이고도 아름다운 색으로 느껴졌다. 무엇보다 그래픽 이미지나 영화로 보던 혜성의 모습과 똑 닮았다는 이 당연한 사실마저 신기했다. 아주 밝게 빛나고 있는 앞부분에서 뒤로 뻗어나간 멋진 꼬리까지, 정말 완벽했다. 짧은 순간 스치듯 지나가는 기쁨과 행복을 뒤로한 채, 마음이 급해지기 시작했다. 시간이 너무 없었기 때문이다. 새벽

5시가 넘어가고 있었고 동이 트면 촬영이 불가능해서 바로 차로 달려가 타임랩스 촬영을 준비했다.

삼각대 슈가 없다보니 넘어지지 않게 카메라를 삼각대 위로 조심히 얹어놓고 찍찍이로 칭칭 감았는데, 이건 혜성의 고도가 높지 않았기에 가능한 일이었다. 타임랩스 샘플 테스트를 한 후 바로 촬영을 시작하고 천체 망원경이 있는 자리로 다시 후다닥 달려왔다. 솔직히 어느 채널까지 촬영해야 할지 정리가 안 된 상태라 촬영할 수 있는 네 개의 채널 모두 시간 분배를 했다. 길어야 30분밖에 없을 것 같아서 L채널 5분, R, G, B는 모두 8분씩만 할애했다. 어쩌면 모험이었다. 채널별로 촬영하면 혜성의 모습이 애매하게 나오는 게 아닐까 하는 걱정과 동시에 컬러 카메라였으면 더 좋았겠다는 생각도 들었지만, 이렇게 된 이상 그냥 해보는 수밖에 없었다. 그리고 이 과정 또한 영상으로 남겨야 했기에 이 순간을 카메라에 담느라 정신이 없었다.

그렇게 한 시간이 채 되지 않는 시간 동안 사투를 벌였고 곧 동이 트기 시작했다. 미리 보는 화면은 어느 순간 밝게 찍히고 있었고 더 이상 혜성을 촬영하기는 어려웠다. 아직 결과물은 잘 모르겠지만 우선 타임랩스로 촬영한 혜성의 모습은 청록색이 강하게 보였고 채널별로 촬영한 것들도 일단 괜찮아 보였다. 집으로 돌아와 해외 유튜버들이 보정한 방식을 보며 열심히 공부하며 따라 했다. 여러 장의 사진을 쌓아 한 장으로 만드는 스택stack 작업을 몇 시간에 걸쳐 마친 후 하나의 사진으로 결합하는 순간 난 말 그대로 입을 틀어막았다.

"와… 이게 이렇게 완성되네…."

혜성이 가능한 멋지게 드러날 수 있게 이후 보정 작업을 진행했고 꽤 만족스러운 결과물을 손에 쥘 수 있었다. 바쁘게 움직이느라 정신이 없었던 새벽을 떠올리며 완성된 혜성을 계속 감상했다. 사람들은 이 맛에 천체 촬영을 하는 건가.

레너드 혜성
C/2021 A1(Leonard)

보통 밤하늘을 보면 흰색, 푸른색, 붉은색 또는 주황색을 주로 볼 수 있다.
그렇다 보니 청록색의 레너드 혜성은 정말 첫인상이 강했다.

천체 망원경으로 촬영한 레너드 혜성Leonard Comet.

생각보다 안 될 때의
아이러니

레너드 혜성을 봤을 때의 분위기를 회상해 보면 짧은 시간이지만 매우 낭만적이었다. 아무도 없는 해발 1000미터 정상. 주위가 온통 하얀 눈으로 적당히 쌓인 땅 위에서, 귓가에 이는 바람 소리를 들으며 저 먼 곳에 있는 혜성을 보고 있으니 마치 홀로 외딴 행성에 있는 기분이었다. 생각대로 되지 않는 순간의 연속이었던 그날, 화룡점정으로 혜성을 한 장 촬영하고 나니 아이패드가 추위로 인해 방전되었다. 아이패드가 없으면 천체 망원경을 전혀 컨트롤 할 수 없기 때문에 그저 해프닝 정도의 단순한 문제는 아니다. 하필 아이패드 충전용 케이블을 가져오지 않아 모든 게 마음대로 안 되는 날이었다.

천문대 사무실로 보이는 입구 앞으로 달려가 잠시 망설이다 지푸라기라도 잡는 심정으로 초인종을 눌렀다. 충전을 해야 하는데 혹시 전용 케이블을 빌릴 수 있는지 물어보았지만 안타깝게도 없다는 대답을 들었다. 이젠 정말 방법이 없겠구나 싶었고 이 추운 날 눈앞에서 확인한 혜성을 패드 방전 때문에 놓쳐야 한다는 사실에 화가 났다. 짧은 시간 동안 만감이 교차했다. 혹시나 하는 마음으로 촬영해 본 혜성에 엄청난 희열을 느꼈고, 홀로 외딴 행성에도 갔다 왔고, 이걸 사람들에게 보여줄 수 있다는 생각에 매우 들떴는데 하필 빠트리고 온 아이패드 충전 케이블 때문에 이렇게 빨리 멈춰야 한다니. 그렇게 모든 것을 포기하고 잠시 멍하게 있는데, 다시 보니 천체 망원경은 홀로 촬영을 하고 있었다.

'패드가 꺼졌는데 촬영을 계속하고 있네? 혹시…?'

순간 스마트폰으로 앱을 다운받아야겠다는 생각이 번뜩 떠올랐고 바로 행동했다. 손난로와 함께 주머니에서 온실 속 화초처럼 배터리를 잘 보존하고 있던 스마트폰은

강제로 외출을 당했고, 열심히 다운받은 앱으로 접속을 해보니 모든 정보가 그대로 살아 있었다. 지금 생각해 보면 당연할 수 있는데 이때는 시간도 마음도 여유가 너무 없었다. 게다가 그동안 무조건 아이패드로만 세팅하고 촬영했던 터라 스마트폰은 생각도 못 하고 있었다. 자기 일을 묵묵히 하고 있던 천체 망원경 덕분에 다시 컨트롤할 기회가 생겼다는 사실이 또 한 번 나를 들뜨게 했다. 크기 때문에 그런지 상대적으로 열 보존이 잘되는 스마트폰은 더 쌩쌩하게 반응했고 나는 시간 계획에 맞춰 네 개 채널 촬영을 걸어놓았다.

이때 또 한 번의 기적이 일어났다. 새벽 4시 반 전까지는 나 홀로 있었는데, 저 멀리서 차 한 대가 산을 오르는 게 보였다. 이 시간에 맞춰 오는 걸 보니 혜성을 촬영하러 오는 사람이라는 직감이 들었다. 아무도 없어서 그런지 먼저 나에게 다가와 혜성이 있냐고 물어보았고 나는 방금 알게 된 정보들을 사진과 함께 보여주며 알려드렸다. 일련의 소동 후 다시 머리가 돌아가기 시작했다. 왠지 느낌에 충전 케이블을 빌릴 수 있을 것만 같았다. 아니나 다를까, 묻자마자 바로 꺼내서 건네주었다. 배터리를 연결한 아이패드는 다시 쌩쌩하게 돌아갔고 이윽고 촬영을 재개할 수 있었다. 개인적인 생각이지만 그분은 아이패드 케이블을 주기 위해 하늘이 보내신 분이라 확신한다. 생각대로 된 건 없지만, 말 그대로 생각지 못한 일들의 연속이었다. 마치 인생처럼.

계획했던 촬영을 못했고, 필요한 장비를 놓고 왔으며, 처음에는 주변에 도움도 받지 못했다. 그냥 실패한 날로 끝날 수도 있었다. 하지만 생각지 못한 혜성을 보게 되었고 한 장으로 끝날 뻔한 불완전한 촬영을 기적적으로 이어나가게 되었으며, 마지막에 등장한 사람의 도움으로 장비까지 원상복구할 수 있었다.

이번 일을 겪으며 삶에 대한 자세도 돌아보게 되었다. 어쩌면 당장 일어나는 일들에 너무 일희일비一喜一悲하지 않는, 여유 있는 마음이 우리에게 필요하지 않을까 생각해 본다. 인생마다 제각각 의미가 있고 해답은 다르겠지만, 드라마 속 누군가의 대사처럼 "우리 모두 미생에서 완생으로 나아가는 과정"이란 사실은 분명하다. 실패조차도 내 삶의 일부분이고 더 발전한 내 모습을 위한 밑거름이겠지만, 어떤 일이든 너무 미리 실패했다고 단정 짓지는 말자. 예측

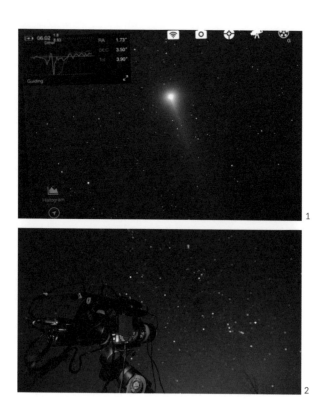

1 배터리 표시를 보면 잔량이 아주 적다는 사실을 알 수 있다. 긴박했던 그때의 순간.
　 하지만 흑백으로 보이는 혜성의 모습은 아름다웠다.
2 묵묵히 촬영하는 천체 망원경 뒤쪽으로 여러 색의 별이 보인다.

할 수 없기에 우리 인생이 더 아름다운 것이고, 어쩌면 실패라는 생각에 가려져 못 보고 있을 뿐 더 큰 기회가 우리 앞에 기다리고 있을지도 모른다. 일생에 한 번뿐인 레너드 혜성처럼.

나는 촬영을 나가기 전 무엇을 찍을지 대상을 미리 정하고 출발하는 편이다. 구체적인 대상이 없다면 그날 할 일들의 큰 줄기라도 잡고 간다(그렇다. MBTI의 전형적인 J형이다). 처음에는 '오늘 안드로메다은하를 촬영해야지', '오리온성운을 촬영해야지' 같은 사전 계획을 꼼꼼하게 세웠고, 거의 다 이뤘다. 하지만 촬영 나가는 날이 많아질수록 한 가지 공통점을 발견했는데, 별이 빛나는 동안에 내가 계획한 것 이외의 현상들을 생각보다 많이 경험하고 볼 수 있다는 사실이다. 실제로도 그런 대상들을 즉흥적으로 촬영할 때가 많았다. 그때부터는 '나가면 뭐라도 건져오겠지'라는 생각에 애써 계획하지 않고 비워두는 여유도 생겼다. 물론 계획을 세워도 남을 만큼 촬영할 대상은 우주에 셀 수 없이 많지만, 그래도 예기치 않게 보게 되는 현상들은 재미가 아주 쏠쏠하다.

해가 지고 난 후 하늘을 지나가는 수많은 인공위성을 본 적이 있는가. 그동안 몰랐을 뿐이지 누워서 하늘을 보면 정말 장관이다. 비행기가 아닌 것들이 많이 지나간다. 해 뜨기 직전에도 마찬가지다. 레너드 혜성을 촬영했을 때도 동이 틀 때라 예상치 못했던 수많은 인공위성의 움직임이 카메라에 담겼다. 레너드 혜성 편을 끝내고 나중에 인공위성을 주제로 영상을 만들었을 때 유용하게 활용했다.

레너드 혜성도 우연히 만났지만, 그 뒤로 지나다니는 인공위성의 모습은 더 우연히 촬영된 것이다. 이 글을 쓰고 있는 시점을 기준으로 6분 44초의 레너드 혜성 영상은 조회수가 12만 회인데, 7분 37초로 만든 인공위성 편은 조회수가 무려 210만 회다. 계획하지도, 예상하지도 못했던 두 개의 영상은 현장에서 즉흥적으로 촬영한 것인데도 좋은 결과를 낼 수 있었고 사람들의 반응도 꽤 만족스럽다.

내 뜻대로 모든 게 다 이뤄지면 얼마나 좋을까. 하지만 생각해 보면 '내 뜻대로'라는 조건 자체가 이미 너무나 제한적이다. 난 지구에서 일어나는 일은커녕 대한민국, 우리 동네에서 일어나는 일조차 다 알지 못한다. 그렇다고 인생을 100년, 200년 살 수나 있나. 이렇게 유한한 내가, 우주에서 일어나는 일을 과연 감당이나 할 수 있을까. 만물의 영장이 사람이라지만, 우리 존재의 유한함은 분명 인정해야 한다. 많은 계획을 세울 순 있어도 당장 내일 일을 알수 없고, 한 치 앞을 볼 수 없는 존재가 사람이다. 내 경험과 지식이 강하게 담긴 '내 뜻대로'라는 조건은 내가 모르는 나머지 영역을 미리 부정해 버리는 편협한 조건이 아닐까. 그래서 언제부턴가 별을 촬영하는 동안 오히려 계획대로만 되지 않기를 바랄 때가 많아졌다. 그 바람 덕분인지, 많이 추렸는데도 모아보니 이 책의 챕터 하나를 따로 분리해야 할 만큼 많은 찰나의 순간을 포착할 수 있었다.

'내려놓음'에 대한 것은 별을 촬영할 때뿐만 아니라 삶에 대한 나의 태도에도 영향을 주었다. 나 자신에게 너무 엄격하기보다는 '그럴 수도 있지'라며 스스로 작은 위로를 해줄 수 있는 여유가 생겼다. 컨트롤할 수 없는 주변 상황으로부터 꽤 스트레스를 받는 편인데 과거에 비하면 많이 나아졌다. 물론 말처럼 쉽지 않을 때도 많지만, 이런 생각이 있고 없고는 인생을 대하는 태도에 있어서 큰 차이가 있다고 확신한다. 하늘을 바라볼 뿐인데 많은 것을 얻는 요즘이다.

운 좋게 포착한
찰나의 순간들

1 초승달 앞으로 지나가는 비행기의 모습을 우연히 포착할 수 있었다. 초승달을 촬영하고 있었을 뿐인데 이륙하는 비행기와 점점 각도가 맞을 것 같다는 예감이 들었고, 운좋게 이 장면을 영상으로 포착할 수 있었다.

2 김포공항으로 착륙하는 비행기가 우연히 달 앞으로 지나갔다.

3 비행기가 착륙하는 형태는 비슷하지만, 위치와 각도가 늘 같지는 않다. 타이밍과 운이좋아야 한다. 이렇게 날개만 찍히는 경우도 있다.

4 비행기가 마치 달을 향해 날아가는 듯한 모습. 고도가 낮은 초승달과 그믐달은 비행기와 함께 촬영하기 좋지만, 여전히 운과 기다림이 중요하다.

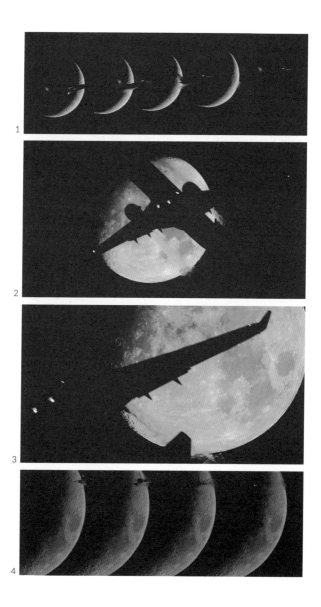

천왕성

1. 개기월식의 한 장면. 현재 달은 지구의 그림자에 가려 있다.
   지구 대기를 통과한 빛 중 붉은 빛만 굴절되어 달에 도달해 붉게 보인다.
2. 천왕성이 달에 가리는 '엄폐현상'도 함께 포착할 수 있었다.
3. 비행기에서 촬영한 서울 야경. 석양 아래 한강이 보이는 야경을 좋은 타이밍에 촬영할
   수 있었다.
4. 말머리성운과 불꽃성운 사이로 인공위성이 지나가는 장면을 포착했다. 천체 망원경
   으로 촬영하는 중에 운 좋게 한 장면이 잡혔다. 중요한 건 타이밍이다.

3

4

테스트로 촬영해 본 사자성운The Lion Nebula.

아래와 같은 사자 모습이 정말 느껴지는 것 같다. 우주에도 사자가 있다.

신호 대기 중에 석양이 지는 모습을 순간 포착했다.

5부

어느 날 생긴 일

전 세계로 퍼진
아침 토성

"Hello! Alberto here from the LADbible Group.

We absolutely love your following videoes…"

메일이나 DM으로 외국에서 온 스팸 연락을 많이 받다보니 무심결에 지나칠 뻔했다. 그런데 자세히 보니 팔로워가 1000만이 넘는다. 처음 듣는 이름이라 바로 검색을 해봤다. "래드바이블LADbible은 맨체스터에 본사를 둔 영국의 온라인 미디어 매체다." 영국에서 DM이 왔다는 사실에 놀랐고 팔로워 수에 또다시 놀랐다. '서울 시민의 숫자가 구독자라고? 그런데 영국 언론에서 왜 나에게 연락을?'

이때가 〈나쫌〉 채널의 소위 '2차 떡상' 시기였다. 1차

때는 구독자 7만 명까지 올라갔는데 그 뒤로 오르락내리락을 반복하며 9만 명까지 달성했지만 10만 명을 넘기기는 너무나 어려웠다. 성장 속도를 보고 있자니 솔직히 그 기세가 10만 명까지는 무난하게 갈 것 같았다. 하지만 9만 명에서 구독자는 더 이상 늘지 않았고, 정체기가 길어지면서 실버 버튼이 가까운 듯 멀게 느껴졌다. 어쩌면 못 가질 수도 있겠다는 생각까지 들었다. 그때 '아침 토성' 영상이 생각지도 않게 터진 것이다.

4월 중순에 촬영한 아침 토성은 1년도 전에 촬영했던 주제인데 이 시기에 알고리즘을 제대로 탔다. 조회수가 처음과 다르게 폭발적으로 올라갔고 그에 비례해 구독자 수도 금방 10만 명을 넘어 몇 주 만에 20만 명 가까이 올라갔다. 특히 토성 영상에는 세계 각국의 언어로 댓글이 달렸고 확실히 유튜브 알고리즘이 내 영상을 전 세계로 노출해 주고 있다는 사실이 실감 났다. 에버랜드 벤치에 앉아 있던 그날처럼 정말 놀라운 경험을 또 했다. 이런 배경에서 '래드 바이블'의 메시지를 받은 것인데, 아침에 촬영한 토성을 유튜브에서 우연히 보게 되었고 그 영상의 이슈에 주목해 기사에 활용해도 되는지 물어본 것이다.

날이 밝아올 때 토성을 눈으로 찾는 건 거의 불가능하다.

어두울 때부터 토성을 촬영하기 시작해 이렇게 밝아질 때까지 추적해야 한다.

그렇게 푸른 하늘을 배경으로 잠시나마 토성을 포착할 수 있었다.

정말 얼떨떨했다. 내가 촬영한 토성, 열과 성을 다해 편집한 영상이 영국 언론을 통해 소개된다니 믿기지 않았고, 주변에서는 영상 제공 비용을 받아야 하지 않느냐는 이야기도 있었지만 내겐 그게 중요하지 않았다. 영국을 중심으로 주변 유럽 국가에 내 영상이 소개된다는 것 자체가 아주 의미 있는 사건이었다. 동의서를 작성해 영상을 제공했다. 아마 이 채널을 운영하며 받아본 아주 큰 요청 중 하나가 아닐까 싶다.

알고리즘 덕분에 더욱 노출된 토성 영상은 어느새 조회수 700만 회를 넘기고 있었고 그만큼 채널은 또 성장했다. 요즘은 워낙 1000만 조회수 콘텐츠도 많기 때문에 700만이라는 수가 크게 와닿지 않을 수도 있다. 처음엔 나도 별생각이 없었는데 찾아보니 50만, 100만 명 구독자가 넘는 대형 채널에서도 단독 영상이 조회수 700만 회를 넘는 경우는 드물었다. 대형 채널들은 기본적으로 100만 회 안팎의 영상들이 탄탄하다는 차이는 있지만, 높은 조회수로 히트친 콘텐츠는 생각보다 없는 경우가 많다.

이렇게 차이점을 놓고 보니 훨씬 큰 대형 채널들도 하기 어려운 것을 이뤘다는 점에서 아침 토성 영상은 내게 의미가 컸다. 아마도 유튜브에서 더 큰 기회를 준 것 같다. 이 영상으로 얻게 된 수익으로 행성 전용 천체 망원경을 구입할 수 있었고 하나씩 업그레이드해 나가는 기분도 들었다. 디지털카메라로 한계를 느꼈을 때 천체 망원경을 구입해 딥스카이를 새롭게 경험하고 있었지만, 행성 촬영은 전용 망원경과 장비를 따로 구매해야 했다. 이 기회에 행성도 제대로 촬영하기로 결심했다. '알 수 없는 알고리즘'이 큰일을 했지만, 그 배경엔 분명 구독자의 큰 성원이 있었다는 것을 확신한다.

그렇게 무사히 배송된 행성 전용 망원경 소식을 채널 커뮤니티에 올렸더니 많은 분이 함께 설레는 마음으로 댓글을 남겨주어서 정말 감사했다. 혼자서 하는 게 아니라 서로 좋은 영향을 주고받으며 함께 성장해 나간다는 느낌이 들었다. 뭔가 큰 것을 바라기보다는 꾸준히 〈나쫌〉 채널을 응원해 주고 함께 즐기는 그 반응 자체가 내겐 가장 큰 보상이자 에너지원이다.

토성 영상의 씨앗이 행성 전용 망원경으로 열매를 맺은 날, 첫 촬영은 낮달이었다. 날씨도 매우 화창했고 하늘은 푸르렀다. 집에서 기본적인 운영과 테스트를 해보았

행성 전용 망원경을 세팅하고 있다.

지만, 망원경 광축을 조정하는 방법도 배워야 했고 처음이
라 많은 시행착오도 각오해야 했다. 그래도 모처럼 좋은 날
씨를 그냥 보낼 수는 없어서 안 되더라도 부딪혀 보기 위해
짐을 챙겨나왔다. 광축을 제대로 조정하지 않으면 아무리
포커스를 맞춰도 대상이 명확히 보이지 않는다. 첫 촬영 때
도 광축이 틀어져 있었지만 나름대로 꽤 의미 있는 달 사
진을 촬영할 수 있었다.

　　달은 볼만했는데 작게 보이는 행성을 촬영하니 확연
하게 차이가 보였다. 광축 조정의 필요성을 강하게 깨닫게
되었고 부랴부랴 '캡틴강' 님과 일정을 잡아 필요한 부분을
학습했다. 그 후 촬영 때마다 반복하며 맞추다 보니 어느

1 행성 전용 망원경으로 촬영한 낮달 1. 광축을 못 맞췄는데도 크레이터들이 꽤 뚜렷하게
  포착되었다.
2 행성 전용 망원경으로 촬영한 낮달 2.
3 행성 전용 망원경으로 촬영한 낮달 3.

정도 요령이 생겼고, 그렇게 망원경과 친숙해지는 시간이 늘어날수록 결과물이 점점 좋아졌다. 물론 촬영할 때 날씨 환경과 행성들의 시상에 따라 결과물은 날마다 달랐지만, 여러 날에 걸쳐 촬영하니 괜찮은 모습을 꽤 담을 수 있었다. 그렇게 그해에는 천체 망원경으로 토성과 목성, 화성 그리고 천왕성까지 촬영할 수 있었고, 목성 표면에 위성 그림자가 생기는 '영현상'도 포착할 수 있었다.

　무엇보다 아주 선명한 달 사진을 촬영해 보고 싶었고 어떻게 해야 할지 계속 찾아보고 공부했다. 초점 거리 2000㎜인 천체 망원경으로 달을 보면 일부분만으로도 화면이 꽉 차버린다. 그래서 파노라마 촬영을 하듯 달을 끝에서부터 차례대로 반대편 끝까지 빠짐없이 촬영해 이어붙이면 아주 큰 고화질의 달 사진을 얻을 수 있다.

　달과 행성은 다른 심우주 촬영 때와는 달리, 동영상으로 촬영한다. 예를 들어 1분 정도 동영상으로 녹화했다면 프로그램으로 이 1분의 영상을 한 장의 사진으로 합치는 스택 과정을 거친다. 그렇게 달의 각 부분을 스택한 사진들을 모아서 마치 퍼즐을 맞추듯 하나의 달 사진을 완성하는 것이다. 우선은 그믐달부터 시도했다. 딱히 이유가 있

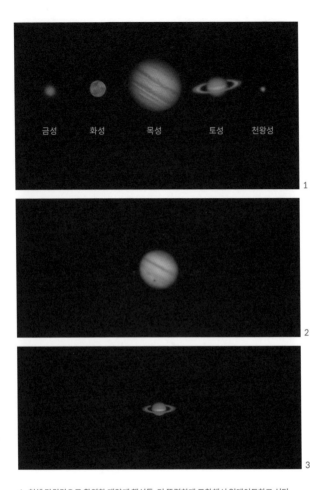

금성　화성　목성　토성　천왕성

1

2

3

1 천체 망원경으로 촬영한 태양계 행성들. 더 뚜렷하게 포착해서 업데이트하고 싶다.

2 목성의 영현상. 목성 표면에 위성 그림자가 검게 보인다.
　사진을 자세히 보면 왼쪽과 중간, 오른쪽에 목성의 위성이 작게 보인다.

3 천체 망원경을 촬영한 토성. 뚜렷한 토성의 모습이 현실감 없어 보이면서도 묘하게
　감동적이다.

어서라기보다는 준비가 된 날에 뜬 달이 그믐달이었다. 공부하고 머릿속으로 시뮬레이션을 돌려본 대로 촬영은 비교적 순조롭게 잘 마무리되었고 집에서 스택 과정을 진행했다. 한 장을 스택해서 보는 순간 꽤 선명한 작품이 나오겠다는 직감이 들었다. 그렇게 약 24장의 파노라마 사진을 이어 붙이자 다음과 같은 결과물을 얻을 수 있었다.

1분 동안 촬영한 동영상 용량은 생각보다 크다. 그래서 여러 번 촬영하면 얼마 되지 않아 256GB를 꽉 채워버린다. 보름달 촬영할 때도 동일하게 1분으로 설정을 맞췄다. 조건이 균등해야 서로 결과물의 밸런스가 맞을 것 같아 최대한 모든 사진을 같은 조건으로 촬영하려고 노력했다. 1분씩 끊어서 연속으로 촬영하는 과정은 달의 위치에 따라 촬영할 수 있는 시간이 다르다 보니 생각보다 여유가 없다. 특히 고도가 낮은 초승달이나 그믐달은 정말 빠르게 촬영해야 하는데, 파노라마 특성상 한 장이라도 빠지면 결과물에 오점이 생긴다. 그래서 놓치는 부분이 없는지를 끝날 때까지 신경 쓰며 촬영해야 한다.

반대로 보름달은 초저녁부터 길게 볼 수 있어서 상대적으로 여유가 있다. 고도가 높게 올라오는 밤 11시쯤부터

천체 망원경으로 촬영한 파노라마 달 사진. 약 24장의 사진을 이어붙였다.

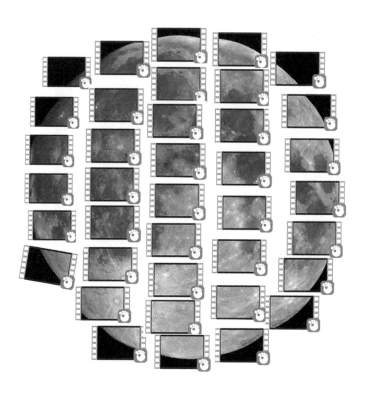

달의 각 부분을 약 1분 동안 촬영한 영상 파일.
파노라마 사진은 빠지는 부분이 없어야 완성할 수 있기에 더욱 꼼꼼하게 촬영해야 한다.

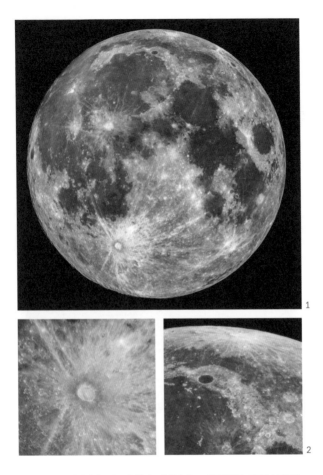

1 초고화질 달 사진이라는 제목 앞에 '압도적인'이라는 표현을 붙였다. 그만큼 선명하다.

2 가장 위쪽에 있는 크레이터를 보면 달의 모습이 더 입체적으로 느껴질 만큼 선명하게 촬영되었다.

촬영을 시작했다. 적도의가 달을 계속 따라가기 때문에 촬영은 꽤 안정적이다. 그리고 달의 시상도 좋아보였고, 결과물이 어느 정도 잘 나올 것 같다는 느낌이 왔다. 그 덕분인지 집중해서 촬영하면서도 마음의 여유를 갖고, 틈틈이 감상도 하며 한 시간 넘게 달 촬영을 이어나갔다. 그렇게 보름달 사진을 담는 데 멋지게 성공했다.

'나쫌'을
잡아라?

자랑을 살짝 하고 싶다. 유튜브를 운영하는 2년 동안 지상
파 예능과 뉴스, 언론 등으로부터 인터뷰 및 출연 요청을
꽤 받았다. 채널 구독자가 상승한 직후 가장 먼저 연락이
온 곳은 SBS 〈세상에 이런 일이〉였다. 작가님의 연락은 정
말 감사했지만 얼굴을 드러내고 싶었다면 내 영상이 먼저
였을 것이기에 정중히 출연 요청을 거절했다.

　　물론 영상에 직접적으로 출연하지 않는 이유가 있다.
진행자가 필요한 장르도 있겠지만, 사람의 말소리 대신, 자
연과 우주에 집중할 수 있는 힐링 영상을 만들고 싶었다.
내레이션 대신 자막과 현장 소리 그리고 음악을 선택한 이
유도 그 때문이다. 막 성장을 시작한 채널이라 〈세상에 이

런 일이〉의 섭외 요청이 한편으로는 홍보할 기회가 아닐까 생각도 들었지만 급하게 가고 싶지는 않았다. 조금 더디게 가더라도 급한 마음에 끌려가기보다는 내 페이스대로 달려 가보고 싶었다. 그래서 출연 요청은 정말 감사드리지만 이유를 말씀드리고 정중하게 거절했다.

지금까지 채널을 운영해 오는 동안 여러 방송사에서 연락이 왔다. 드라마 CG를 위해 직접 촬영한 별똥별 영상을 사용해도 되겠냐는 문의도 있었고, MBC 유튜브 채널 〈엠빅뉴스〉에 국제우주정거장을 주제로 인터뷰와 자료제공도 했다. 이어 MBC 예능 〈일타강사〉에도 국제우주정거장 편에 직접 촬영한 국제우주정거장의 모습을 제공했는데, 패널로 출연한 박나래, 홍석천, 김호영, 이용진 씨가 우주정거장의 실제 모습을 보고 놀라는 리액션 장면이 인상에 많이 남았다. 그걸 보며 '여러분 저거 제가 찍었어요'라고 속으로 외쳤다. 언젠가 그분들을 우연히 마주칠 기회가 있다면 혹시 그때 국제우주정거장 본 거 기억나느냐고 물어보고 싶다. 그리고 내가 촬영한 영상을 흥미진진하게 보는 모습이 인상적이었고, 고마웠다는 말을 꼭 전하고 싶다. KBS 〈크랩〉 채널도 '하늘에 빛나는 건 인공위성일까?'라는 주제로 국제우주정거장 등 몇 가지 자료 요청을 해왔고 모두 보내드렸다. 주제를 살펴보니 국제우주정거장을 직접 확대해서 촬영한 자료가 희소성이 있었던 것 같다.

내가 제작한 캔버스 굿즈를 드라마 소품으로 협찬한 적도 있다. 아직 방영 소식을 듣진 못했지만, 우주 덕후 주인공의 방에 존재감 있는 소품으로 사용되었고, 방 곳곳에 붙어 있는 크고 작은 우주 사진도 내가 제공한 사진으로 꾸며져 있었다. 무대 감독님이 보내준 사진으로 촬영 현장의 분위기를 조금이나마 알 수 있었다. 직접 촬영하고 만든 사진과 굿즈가 드라마 소품으로 활용된다는 게 새삼 놀랍기도 하고 기분이 묘했다. 물론 이 또한 별다른 비용을 받지는 않고 그냥 협찬해드렸다. 언젠가 내 아이가 크면 "아빠가 만든 굿즈가 드라마에도 나왔어"라고 한번 뿌듯하게 이야기할 날이 오지 않을까.

가장 최근의 일이다. 2023년 초에는 《뉴시스》에서 진행한 '올해 기대되는 유튜브 채널'에 선정되었다. 전화 인터뷰를 했는데 조리 있게 말을 잘하지는 못했지만 기자님께서 정말 잘 정리해 주어서 감사한 마음이 들었다. 포털 사이트에 "나쫌"을 검색하면 내가 인터뷰한 뉴스가 뜬다는 게 신기했다.

그 외에도 몇몇 대형 유튜브 채널과 학교, 천문대 등에서 특강 요청이 있었다. 특히 전국에 여러 학교 과학선생님들께서 문의 메일을 꾸준히 주셨는데 요청에 응해 드리지 못하는 이유를 정중하게 말씀드렸다. 학생들을 만나고 싶고 그동안 내가 경험해 왔던 것들을 진심으로 즐겁게 나누고 싶기에 적극적으로 활동하지 못하는 지금 상황이 굉장히 아쉽다. 하지만 이런 요청을 받을 수 있다는 사실이 감사하다. 그리고 개인적으로도 충분히 흥미로운 경험을 하고 있다고 생각한다. 머지않은 미래에 〈나쫌〉의 이름으로 공식적인 활동과 체험을 할 수 있는 좋은 기회가 있기를 진심으로 바란다.

● ● ●   이어지는
러브콜

유튜브 채널이 알려지지 않았다면 과연 이런 곳에서 연락 받을 수 있었을까. 우주 항공과 관련해 이름만 들어도 모두 "아!" 하는 대기업으로부터 연락을 받았고 담당자와 짧지 않은 시간 동안 화상으로 여러 논의를 했다. 심지어 정부에서도 연락이 왔다. '우주강국'이라는 목표를 발표한 만큼 이를 주제로 여러 가지 흥미로운 작업을 함께 할 기회가 있을 것 같아 기대된다. 하지만 지금까지 언급한 것들은 책을 쓰는 시점을 기준으로 모두 진행 중인 프로젝트라 상세한 설명을 할 수 없는 점, 부디 너른 양해를 바란다. 그만큼 우주 산업이 이미 큰 화두가 되었다는 것과 국가와 기업들이 〈나쫌〉 채널과 협업을 원한다는 사실 자체를 이야기하고 싶다. 구체적인 것은 가까운 미래에 프로젝트가 완료되면 채널을 통해 꼭 소개하겠다.

현재까지 2년이 조금 넘는 시간 진행해 왔던 여러 가지 협업에 대해 이야기 나누고 싶다. 유튜브를 시작한 초창기에 카메라와 관련해 가장 먼저 연락이 온 곳은 '니콘'이었다. 아무래도 토성과 목성 등 행성과 달을 확대 촬영할 수 있는 카메라가 당시 화제를 몰고오다 보니 많은 주목을 받았다. 그리고 댓글에서도 토성을 촬영한 카메라에 대한 문의가 매우 많았다. 재미있는 건 구독자분들이 "이 정도면 니콘에서 광고 들어와야 하지 않나?", "니콘 담당자 일해라" 등과 같은 분위기를 영상마다 만들어 주고 있었다. 초반이기도 했고 설마 연락이 오겠냐고 별 기대감 없이 지내던 어느 날, '니콘코리아'에서 DM이 왔다.

"안녕하세요. 나쫌 님. '니콘이미징코리아'입니다"로 시작하는 메시지를 받고 기분이 정말 얼떨떨했다. 니콘 카메라를 너무 잘 사용해 주고 있어서 감사하다는 인사를 먼저 받았다. 이때가 본격적으로 추운 겨울이 시작될 때였는데 마침 큰 우주쇼가 있기 직전이었다. 토성과 목성이 400년 만에 매우 가까워지는 이벤트였고 이때 못 보면 60년 뒤

에나 다시 볼 수 있었으니 매스컴에서 많이 다루기도 했다. '니콘'에서도 이 우주 이벤트를 잘 촬영한 홍보 영상을 원했고 그 성격이 〈나쫌〉 채널과 잘 맞았기에 거절할 이유도 없었다. 그렇게 첫 브랜디드 홍보 영상을 제작했다.

　　토성과 목성이 가까워지는 모습을 며칠에 걸쳐 촬영했고 다행히도 날씨가 잘 도와주었다. 첫날엔 구름 때문에 힘들었지만, 그때 건진 한 컷은 사진으로 사용하기에 충분했다. 이어서 둘째 날 촬영은 해발 1000미터 높이에 있는 천문대에서 진행했다. 눈도 많이 쌓였고 바람도 정말 강했지만, 책임감을 더욱 느낄 수밖에 없는 브랜디드 영상이었기에 평소보다 한층 더 열심히 촬영했다. 그렇게 며칠 동안 촬영한 영상으로 400년 만의 우주 이벤트를 성공적으로 마무리할 수 있었다.

　　'니콘'에서는 그 이후에 출시된 다른 카메라 기종과 관련해서도 협업하기를 원했다. 처음 영상은 정신없이 만들었던 것 같고 두 번째 제안을 받았을 때는 '어떻게 만들어야 기업과 구독자 모두 만족시킬 수 있을까'를 가장 많이 고민했다. 초반이라 이런 홍보 영상 제작은 너무나 감사한 일이고 무조건 하겠다는 의지가 강했다. 게다가 메이저 카

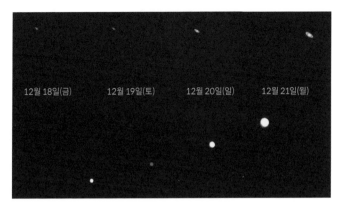

12월 18일(금)　　12월 19일(토)　　12월 20일(일)　　12월 21일(월)

400년 만에 다시 만난 토성과 목성. 사흘 동안 서로 가까워지는 모습을 포착했다.

메라 회사에서 "우리 제품을 써보고 좋은 점을 홍보해 주세요"라고 먼저 제안을 한 것이니, 취미로 꽤 긴 시간 촬영을 해온 나로서는 그 자체가 뜻깊었다.

협업 진행 방식도 괜찮았다. 나는 소위 '외주 제작사'가 아니다. 돈을 지불할 테니 이렇게 저렇게 만들어 달라는 식의 일방적인 의뢰가 아니라, 〈나쫌〉 채널의 성격과 '톤 앤 매너'를 충분히 존중받는 것을 기본으로 한 영상 제작이다 보니 서로 동등한 입장에서 일할 수 있었다. 갑과 을의 관계가 아니라 협업의 관계로 일을 진행할 수 있다는 점이 좋았다. 그만큼 부담도 없었고 제작한 영상은 보통 큰 수정도 없었다. 그렇게 두 번째 협업을 무사히 마칠 수 있었는데 여기서 한 가지 더 느낀 게 있다. 어떻게든 일단 부딪혀 보면 결국 뭐라도 만들게 된다는 것이다.

평소 영상에서 멋진 밤 풍경을 실감 나게 보여주고 싶어 그만큼 영상미에 신경을 많이 썼다. 타임랩스도 정말 공들여 촬영했는데 나는 '소니', '캐논', '니콘' 카메라를 모두 잘 활용했다. 그러던 어느 날 '캐논'에서도 연락이 왔다. 오랫동안 잘 쓰던 브랜드라 더할 나위 없이 좋았고, 새로운 카메라를 테스트 촬영한다는 건 정말 흥미로운 일이었다.

그런데 '캐논'에서 연락이 왔을 땐 문제가 있었다. 내가 가장 잘 보여줄 수 있는 대상이 우주인데 하필 장마 시즌에 연락이 온 것이다. 아무리 예쁘고 멋진 우주 이벤트가 있다 한들 구름으로 뒤덮인다면 무슨 소용이 있을까. 난감했던 부분을 담당자와 논의했고, 나는 만약 장마로 우주를 촬영할 수 없다면 오히려 그 비를 이용한 촬영을 해보겠다고 의견을 냈다. 감사하게도 동의해 주어서 촬영에 들어갈 수 있었다.

어떤 주제든 영상미를 표현하는 것엔 자신이 있던 터라 오히려 비가 많이 오기를 기다렸다. 비가 올 때 아름다운 곳이며 접근성까지 좋은 곳을 찾다 보니 강화도를 선택했고 바람이 심상치 않게 불던 날임에도 오히려 설레는 마음으로 길을 떠났다. 알다시피 장마 기간에 계속되는 비는 지겨움의 대상이다. 이 비를 어떻게 감성적으로 담을 수 있을까 계속 고민했지만, 한편으로는 마음을 비울 수 있었다. 그동안 '직접 부딪혀 보면 뭐라도 찍고 만들게 된다'라는 사실을 몸으로 익혔던지라 이번에도 잘 모르겠지만 그냥 가보자 싶은 마음으로 강화도에 도착했다.

비가 정말 시원하게 내렸다. 하늘을 덮은 시커먼 먹

구름을 보고 아예 슬리퍼를 신고 움직였다. 짙은 초록 나뭇잎들 위로 퍼붓는 빗소리는 힐링 그 자체였다. 나뭇잎들 위로 떨어지는 빗방울 소리에, 틈틈이 불어오는 바람 소리까지 더해 숲속은 하모니를 이루고 있었다. 그리고 그 모습을 망원 렌즈로 천천히 촬영했다. 비 오는 모습을 한참 동안 촬영하던 중 나는 내 눈을 의심했다. 무성한 나무 안에서 큰 눈망울의 올빼미가 나를 쳐다보고 있는 게 아닌가. 나중에 알게 된 사실인데, 정확히는 올빼미과에 속한 '솔부엉이'라고 한다. 큰 눈으로 신기한 듯 나를 쳐다보고 있는 솔부엉이를 향해 천천히 렌즈를 당겼다. 실제로 보는 것도 처음이라 신기한데 '얘들은 야행성 아닌가?', '비가 와서 그런가. 왜 낮에 이렇게 깨어 있지?' 등의 궁금증을 머금고 계속 촬영했다. 그리고 역시 직접 부딪혀 보면 생각지 못했던 것들을 경험할 수 있다는 확신이 다시금 들었다. 여기에 오지 않았다면 어떻게 솔부엉이를 구경하고 촬영까지 할 수 있었을까. 모르고 왔지만 해보니까 이렇게 행운이 찾아온 것이다. 실천이 포인트다.

아름답게 담은 풍경에 감성적인 BGM을 더했다. 그리고 사용하면서 느꼈던 점들을 최대한 영상에 담으려고

1 치명적인 눈망울로 나를 쳐다보고 있는 솔부엉이.
2 비가 순간 너무 많이 올 때라 잠시 나무 밑에서 비를 피하고 있던 중이었다.
솔부엉이도 나도, 우린 서로 비슷한 입장이었다.

1 비가 정말 많이 오는데도 떨어지는 빗물은 잘 보이지 않는다.
  그래서 배경에 어두운 색이 있어야 한다.
2 날씨는 어둑하지만, 빗물에 꽃은 더 생기가 올라오는 것 같다.

3 아무도 없는 숲길. 바람과 빗소리만 숲을 가득 채우고 있었다.

4 돌아오는 길에도 비는 계속 퍼붓고 있었다.

빗방울이 떨어지는 모습을 실감 나게 포착한 장면이다.

노력했다. 그렇게 만든 광고 영상은 아쉽게도 홍보 영상의 성격상 (내 기준에) 조회수가 그렇게 높게 나오진 않았지만 감사하게도 '캐논'에서는 이 영상 자체가 마음에 들었나 보다. 그 뒤 나는 1년 동안 캐논 카메라를 렌탈 받아 공식적으로 활동할 수 있는 'R티스트'에 선정되었다. 별을 촬영할 땐 카메라 한 대가 아쉬운데 최신 장비를 1년 동안 사용할 수 있다니 얼마나 좋은 일인가. 나는 여기에 망원 렌즈를 활용해 수많은 멋진 장면들을 포착했고 모든 걸 영상과 사진으로 구독자들과 나눌 수 있었다. 직접 부딪히며 하나씩 이뤄낸 결과들이라 정말 뿌듯했다. 그리고 돌아보니 메이저 기업들과 협업하며 한층 더 성장해 있는 내 모습을 발견할 수 있었다. 그들은 홍보를, 나는 멋진 결과물을 서로 동시에 얻을 수 있었다는 점에서 생산적인 협업이라고 생각한다. 역시 누군가의 일방적인 승리보다 서로 '윈윈'할 수 있을 때 시너지가 생기는 법이다.

1 여름철에 다이내믹한 구름을 촬영한 장면.
2 보름달처럼 보이는 달은 사실 얇은 초승달이다.
노출을 좀 더 길게 설정해서 촬영한 '지구조 현상'이다.

짙어져 오는 하늘에 유독 달이 더 눈에 띈다.

"안녕하세요"로 시작하는 메일이 왔다

2022년이라 하면 내게 바로 떠오르는 큰 이벤트가 있다. 바로 그해 출시한 '나쫌 4x Canvas'다. 제작 업체에서 굿즈 제작 콜라보 문의 메일을 보낸 건 2021년 초였다. 그땐 굿즈에 별 관심도 없었고 나와는 상관없는 일이라고 생각했다. 그러던 어느 날 우연히 친한 지인이 "폰 케이스 같은 굿즈가 나오면 좋을 것 같다"라는 이야기에 나는 문득 잊고 있던 연락이 다시 생각났다. 1년 전에 메일을 받았을 때는 심우주 촬영을 못 했을 때라 아마 더 관심이 없었던 게 아닐까 싶다. 거의 1년이 지난 시점에 양해를 구하며 반신반의로 메일을 보냈다. 다행히 현재도 진행할 수 있는 프로젝트라고 화답을 받았고 그렇게 '나쫌 굿즈 프로젝트'는 첫발을 내딛게 되었다.

우선 인상적인 건 해당 업체는 휴대폰 케이스, 키링 등 일차적으로 생각나는 일반적인 굿즈를 기획하는 곳이 아니었고, 추구하는 목표가 명확했다. 〈나쫌〉 채널의 정체성과 의미를 담은 특별한 굿즈를 만들자는 방향성으로 우리는 '우주'와 '천체 관측' 키워드를 제품화할 수 있는 구체적인 상품 주제에 대해 논의했다. 서로 아이디어를 주고받던 중 우주 사진으로 캔버스 액자를 만들어 보는 건 어떻겠냐는 의견이 나왔고, 나는 적절한 사진들을 찾아 샘플 테스트를 진행했다. 이런 프로젝트를 할 때 가만히 있는 성격이 아니다 보니 이것저것 다양한 버전을 만들어 보았다.

처음에는 복잡하게 생각하지 않고 액자로 만들었을 때 가장 예쁠 것 같은 사진을 찾았다. 사실 어떤 이유와 의미를 갖다 붙여도 우리가 본능적으로 끌리는 건 예쁘고 아름다운 모습이다. 그러면서도 '이 캔버스 액자가 왜 그리고 누구에게 필요할까?'라는 근본적인 질문을 놓치지 않기 위해 애썼다. 대표님은 당시 레오나르도 디카프리오 주연의 영화 〈돈 룩 업〉을 패러디한 'JUST LOOK UP'을 주제로 하면 어떻겠냐고 제안했다. 그동안 〈나쫌〉 채널이 꾸준히 이

굿즈 제작 업체 대표님에게 보낸 초기 샘플 사진들.

달과 밤바다 캔버스 원본 사진.
멀리서 보면 한 폭의 그림인데 당겨보면 누군가에겐 치열한 삶의 현장이었다.

야기해 온 메시지가 '하늘 한번 바라보자'였기에 대표님이 제시한 표현은 '나쫌 굿즈'의 스토리텔링을 위한 주제로 아주 적절했다. 의견에 전적으로 동의했고, 이 메시지가 가장 필요한 사람들이 누굴까를 고민하던 중에 주로 책상에 앉아 많은 시간을 보내는 직장인이나 학생이면 좋겠다고 생각했다. 환경적으로 하늘 한번 보기 어려운 분들에게 우주와 밤하늘 사진 액자가 있다면 잠깐 여유를 갖는 데 도움이 되지 않을까. 그리고 큰 사이즈가 아니라 모니터 아래쪽이나 책상 한편에 올려 둘 수 있는 탁상용 사이즈라면 부담스럽지 않을 것 같았고, 그렇게 하나씩 맞춰가다 보니 가로로 길쭉한 비율의 캔버스를 생각하게 되었다.

포토샵으로 샘플 작업을 해본 것만으로도 매력이 느껴졌다. 가로 4, 세로 1 비율이 주는 묘한 끌림이랄까. 이 비율에 딱 맞는 첫 작품은 '달과 밤바다'였다. 새벽 2시에 서해로 보름달을 촬영하러 갔을 때 귓가에 바람 소리는 들렸지만 파도는 잔잔했다. 수평선으로 점점 가까워지는 달빛이 바다에 비추며 달이 강처럼 보이는 '문리버moon liver'를 이루고 있었고, 달과 밤바다는 정말이지 고요하면서도 묘한 분위기를 연출했다. 저 멀리 불을 밝힌 어선이 보였는데 그중

한 척이 때마침 달빛 아래로 향했고, 나는 그 순간을 놓치지 않았다.

'달과 밤바다'는 캔버스 굿즈의 첫 주제로 아주 적합하다고 생각했다. 이후 두 가지를 더 찾아보았는데 '레너드 혜성' 역시 이 비율을 아주 잘 소화했고 가로 방향으로는 '안드로메다은하'가 최적의 대상이었다. 이렇게 세 가지 아이템을 준비한 후 투표를 통해 두 가지 캔버스를 정식 출시할 계획이었다. 유튜브 채널에 설명 영상과 함께 투표를 진행했는데 반응이 정말 뜨거웠다. 약 2500명이 투표했고 안드로메다은하, 달과 밤바다, 레너드 혜성 순으로 결과가 나왔다. 그런데 결과와 무관하게 세 가지 모두 출시를 원하는 댓글이 많았고 업체 대표님과 의논 후 모두 출시하기로 했다. 준비했던 아이템을 다 보여드리는 것만으로도 아주 기분 좋은 출발이었다.

하지만 협력업체로부터 작은 사이즈로 생산하는 것이 기술적으로 어렵다는 피드백을 받았다. 이 비율을 유지하려면 크기에 있어 최소한의 조건을 충족해야 하는데, 탁상용으로는 불가능한 사이즈였고 결국 생각했던 것보다 큰 캔버스 액자를 만드는 것밖에는 선택지가 없었다. 크기는 커졌지만 4대 1이라는 비율만큼은 중요 포인트였기에 의견을 굽히지 않고 밀고 나갔다.

실제 제작된 샘플 캔버스를 받고도 수정해야 할 부분들이 여러 군데 보였다. 우선 LED 색상이 다양하게 돌아가는 버전도 있었는데 저렴한 티가 났고 원하던 분위기도 아니었기에 불을 켰을 때 하나의 색이 나오도록 수정했다. 여기서 하나 또 문제가 있었다. 흰색 LED를 사용해도 캔버스 재질을 통과하면 색이 변해버리는 것이다. 그래서 안드로메다은하를 가장 이질감 없이 보여줄 수 있는 색깔로 맞추기 위해 여러 번의 시행착오를 거쳤다. 그렇게 완성된 캔버스를 받고 나는 구독자들에게 소개할 영상과 사진을 촬영하기 시작했다. 협업 프로젝트에서 자료 소스 제공과 캔버스 홍보까지는 나의 역할이 크다고 생각했고 처음이라 서툰 부분도 있었지만, 이 캔버스가 다른 굿즈와 분명 차이가 있다는 것을 최대한 거짓 없이 알리고 싶었다.

예상했던 것 이상으로 반응이 좋았다. 믿고 구매한 분들 덕분에 5000개가 넘는 캔버스를 판매할 수 있었는데 나는 개인적으로 판매 수량보다 굿즈를 받고 매우 좋아해 주는 반응에 더 감사했다. 아마도 상대적으로 낮은 가

직접 촬영한 '나쯤 4x Canvas' 홍보 사진.

격 덕분에 더 많은 분이 큰 부담 없이 구매할 수 있지 않았을까 생각한다. 첫 굿즈는 여러모로 성공적이었다. 하지만 1차 배송 후 문제가 생겼다. 레너드 혜성 캔버스의 일부 제품이 공정 실수로 LED 위치를 반대로 제조한 것이었다. 지금이야 웃으면서 말할 수 있지만, 저 당시에는 굉장히 속상했다. 선 주문 후 제작 방식의 특성상 3개월이라는 제작 기간이 걸렸는데, 적지 않은 시간을 믿고 기다려 준 분들에게 실망을 드렸다는 점이 나를 힘들게 했다. 게다가 1차 주문과 배송이 끝나고 2차 주문 요청이 밀려 있던 시기라 더 마음이 복잡했다.

애초에 이런 실수가 없었다면 가장 좋았겠지만 이미 문제는 터졌고, 중요한 건 적절한 대응이다. 이 문제에 대해 업체 대표님과 진지하게 의논했다. 굿즈를 받기까지 3개월을 기다렸는데 불량 캔버스를 교환하기 위해 또다시 기다려야 하는 난감한 상황이었다. 물론 원하는 분들은 당연히 환불을 진행할 수도 있지만 그게 중요한 게 아니었다. 나를 믿고 기다린 시간에 대한 감사함, 그리고 잘못된 제품을 보내드린 것에 대한 미안한 마음을 어떻게든 보상해 드리고 싶었다.

그래서 다시 교환을 기다리는 모든 분에게 원하는 캔버스를 하나 더 드리는 것으로 결정하고 공지했다. 전화위복이라고 했던가. 우선 우리의 진심이 잘 전달된 것 같아 너무나 다행이었다. 죄송한 마음을 담아 캔버스 하나를 무료로 더 제공한다는 소식에 "교환이면 충분한데 오히려 미안하다"라는 반응부터 "이런 모습을 기업들이 배워야 한다" 등의 댓글들이 달리기 시작했다. 이미 몇 달 동안 잊고 지냈는데 조금 더 기다리는 건 전혀 문제가 되지 않는다며, 오히려 문제를 발견하고 바로 대응하는 우리의 모습을 많은 분들이 환대해 주었다.

위기는 또 다른 기회가 되었고, 신뢰가 바탕이 되었는지 2차 주문 때는 오히려 1차 주문의 수를 훌쩍 넘어섰다. 몇 달 뒤 2차 배송과 함께 레너드 혜성 교환 건은 모두 무사히 마쳤고, 2022년의 마지막이 다가올 즈음 그렇게 1, 2차 굿즈 프로젝트를 무사히 마무리할 수 있었다. 개인적으로 업체 대표님에게 정말 감사하다. 사업을 하는 입장인데도 그저 '장사'로만 생각하지 않고 문제가 생겼을 때 적절하게 대응하는 모습에 정말 감탄했다. 아마 수익만을 생각했다면 손실이 있는 이런 대처는 불가능했을 것이다. 좋은 파트너를 만나 함께 여러 가지 멋진 경험을 할 수 있었고 시너지도 낼 수 있었던 것 같다. 앞으로도 다양한 굿즈를 출시할 계획이다. 이미 준비 중인 프로젝트도 있는데 구독자의 반응이 더욱 기대된다.

6부

관측하며 느낀 것들

한여름과
한겨울

하룻밤 사이에 한쪽 팔에만 20방 넘게 모기에 물린 적이 있다. 이 정도면 병원에 가봐야 하지 않을까 싶을 만큼 증상이 심했다. 가려운 건 기본이고 오돌토돌하게 올라온 피부가 예사롭지 않게 느껴졌다. 계속 긁으니 피가 나는 부분도 있었는데 얼핏 보면 피부병에 걸린 것 같았다. 다행히 큰 문제는 없었지만 몇 달 동안 팔에서 느껴지는 이물감 때문에 고생했다.

사후 처방은 힘들었고 이대로는 도저히 안 될 것 같아 인터넷으로 양봉 옷을 찾아보았다. 여러 종류가 있었고 평이 꽤 괜찮은 브랜드의 벌레 방지용 옷을 구매했다. 그 옷을 입고 호기롭게 촬영하러 나갔다. 조금 효과가 있는 듯

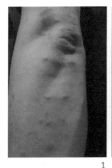

1 모기의 흔적. 한쪽 팔에만 수십 방을 물렸다.
2 촬영 환경이 야외다 보니 모기와 벌레에 취약하다.

했으나 앉고, 일어서고, 움직일 때마다 상대적으로 외부 노출이 쉬운 팔꿈치나 무릎, 발목은 여전히 모기로부터 쉽게 공격을 받았다.

결과적으로 큰 효과도 없고 활동에 번거로움까지 더해져 잘 안 쓰게 되었다. 산모기는 물린 후 가려운 것도 문제지만 독이 올라서 그런지 더욱 아프다. 군복까지 뚫어버리는 일명 '삼디다스 모기'에 물린 느낌이라 기분도 좋지 않았다. 게다가 인적이 드문 깊은 산속이라 한두 마리가 아닌 수없이 많은 놈들이 동시에 덤벼든다. 손바닥을 허공에 휘젓다가도 대충 손에 몇 마리가 맞을 지경이다. 그렇게 몇 시간을 당하고 있으면 노이로제에 걸릴 것만 같았다. 그럴

1 헌혈하며 촬영한 장면. 달이 능선을 벗어나는 순간을 숨죽여 기다렸다.

2 망원 촬영은 작은 움직임에도 화면이 많이 떨린다.

　그래서 최대한 움직이지 말고 헌혈해야 한다.

때는 빠르게 촬영을 '오토'로 걸어놓고 차에 들어가야 한다. 그제야 물린 곳을 살펴볼 수 있는데 발목과 팔꿈치, 특히 새끼손가락 끝마디 등 안 물린 곳이 없을 정도다. 정말 끔찍한 건 차에 탈 때 빠르게 문을 여닫았는데도 귀에 윙윙 소리가 들릴 때다. 오죽하면 군 시절 몸서리치게 싫던 군용 모기약, 그 미친 약이 생각날 정도일까.

찰나의 순간을 놓치고 싶지 않아 모기와 싸우는 걸 포기한 순간도 적지 않다. 이 고생을 하면서 결과물까지 못 얻으면 너무나 억울하니 그냥 피를 제물로 주고 직진하는 것을 선택했다. 당한 게 많아서 한번은 제대로 갚아주려고 모기 퇴치 전기채를 구매한 적도 있다. 산속에서 작은 불꽃과 함께 '타탁 탁탁탁' 소리가 나는데 무사가 된 기분으로 칼춤을 추는 것만 같다. 하지만 본능적으로 달려드는 놈들이니 수백 마리를 잡아도 결국 내 팔만 아프고 시간만 아깝다. 결국은 나만 손해 보는 게임이다. 이렇게 희생당한 나의 피와 시간 그리고 정신적인 노동으로 얻어낸 사진들이다. 고생했다.

이 지긋한 모기로부터 해방되려면 고도가 높은 곳으로 가거나 날씨가 추워져야 한다. 초겨울이 되면 모기나 벌

은하수 촬영이 더 애매하다.
한 구도로 계속 촬영하는 게 아니라면 한 장 한 장 촬영이 끝날 때마다 카메라를 컨트롤해야 한다.
그래서 계속 밖에서 대기해야 하는데, 또 모기밥이 되기 일쑤다.

레가 없어 잠깐이지만 행복하다. 하지만 행복도 잠시, 이젠 추위를 견뎌야 할 시기다. 지난해는 유독 더 추웠다. 영하 15도 이상은 기본이던 날씨에서 촬영을 많이 했는데 핫팩과 온수를 들이부어도 추위는 정말 견디기 어렵다. 영하 10도가 넘어가면 무조건 차 안에서 히터를 켠 채로 밤새 그 추위를 견딘다. 그리고 너무 춥다 보니 온수를 조금만 마셔도 화장실에 가고 싶어진다. 따뜻한 배출이 끝나면 또 어마무시한 추위가 나를 기다린다.

별을 보러 갈 때는 계절에 따라 달라지는 상황을 미리 생각해서 준비하면 도움될 것이다. 개인적으로 여름이든 겨울이든 긴 옷을 입는 걸 추천한다. 별이 잘 보이는 곳은 특성상 도심에서 떨어진 외곽 지역이거나 고도가 높은 산일 경우가 많은데, 이런 곳은 여름에도 새벽엔 쌀쌀해진다. 꼭 바람막이 같은 긴 옷을 입어야 한다. 그리고 모기퇴치제도 없는 것보단 있는 게 낫다. 혹여나 모기의 공격을 별로 신경 쓰지 않는 분들이라면 반소매 티에 발목 양말을 신고 향수까지 뿌리길 바란다. 나 좋다고 달려드는 산속 친구들의 일방적인 스킨십 후기를 꼭 남겨주시길.

1 입고 있는 두꺼운 외투로도 막을 수 없는 강한 추위였다.
2 촬영 장비는 대부분 검정색이다. 장비 위에 붙은 흰색은 모두 얼음 결정이다.
   맨손으로 잡으면 드라이아이스를 집은 것처럼 손이 쩍 달라붙는다.

4

NGC4305
NGC4307

Markarian's Chain

M84
NGC4402
M86
NGC4435
NGC4388   NGC4431
NGC4459
NGC4468
C4474
NGC4435
NGC4438
NGC4413
NGC4477   NGC4458
NGC4473 NGC4461
NGC4470
NGC4425
NGC4431
NGC4436
NGC4440

5

3 촬영하고 있는 안드로메다은하를 보여주는 아이패드 화면. 잠시 추위를 피하더라도
　원활한 원격 조정을 위해서는 다시 카메라 근처로 와야 한다. 뼈가 시릴 정도로 춥다.
　　　　4 천체 망원경으로 직접 촬영한 처녀자리은하단Virgo Cluster of Galaxies.
　　　　　　자세히 보면 일반적인 항성(별)이 아니라 수많은 것들이 은하의 모습이다.
5 처녀자리은하단에 있는 아주 대표적인 은하만 표기해 보았다. 자세히 볼수록 어지럽다.

얼어 있는 전봇대 위로 보이는 오리온자리.
중간쯤에 가장 밝은 흰점은 오리온성운이 있는 곳이다.

우주에 떠 있는 크리스마스트리성단Christmas Tree Cluster,
크리스마스를 기념해 촬영해 보았다.

낭만과 공포는
한 끗 차이

각 관측지마다 아름다운 추억이 있지만 특별한 기억을 하나 꼽으라면 청산도 이야기를 하고 싶다. 연락을 받기 전까지는 잘 몰랐는데 영화 〈서편제〉로 잘 알려진 곳이란다. 섬이라 배를 타야 들어갈 수 있고, 차를 배에 싣고 갈 수도 있다. 이곳은 별과 은하수가 정말 잘 보이는데, 전라남도 완도군에서 은하수 스팟으로 청산도를 홍보하고 싶다는 연락을 받았다. 문제는 촬영 시기가 은하수 시즌이 거의 끝난 10월이었다는 것이다. 촬영을 하더라도 한 번밖에 기회가 없어 보였다. 게다가 섬이다 보니 날씨 변수가 많을 수밖에 없어 더욱 난감했지만, 언제 날씨가 내 맘대로 되었냐는 생각에 진행해 보기로 했다. 부딪혀 보면 어떻게든 결론은 난

1 청산도행 배에 무사히 탑승.
2 청산도행 배에서 촬영한 석양.

다는 걸 1년 넘게 경험했으니 걱정보다는 새로운 프로젝트에 대한 설렘과 기대감이 컸다.

차로 서울에서 완도의 선착장까지 여섯 시간 넘게 걸렸다. 그런데 그 과정이 마냥 좋았다. 서두르지 않고 여유 있게 운전했고, 중간중간 휴게소에서 맛있는 것도 먹으며

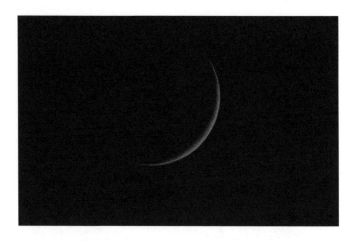

짧은 순간 촬영한 얇은 초승달. 이걸 발견한 나 스스로를 칭찬했다.

내려왔다. 완도항에 도착했을 때 다행히 날이 정말 좋았고 기분 좋게 그 순간을 하나씩 카메라로 담기 시작했다.

바닷바람을 맞으며 서서히 저무는 석양을 보는 것도 참 낭만적이었다. 50분 정도가 지났을까. 무사히 도착해 배에서 내리자마자 운 좋게 매우 예쁜 초승달을 발견했다. 은하수 촬영에 포커스를 맞추고 갔기에 달을 찍을 생각은 하지 못했는데 거의 사라져가는 초승달이 나를 반겨주었다. 시작부터 첫 단추를 잘 끼운 느낌이 들었던 청산도. 그 처음이 주는 설렘과 낯선 곳이라는 긴장감이 묘하게 교차한 덕분인지 그때의 기억이 낭만과 추억으로 남았다. 그리고 어느 때보다 무서웠던 곳이라는 인상도 꽤 선명하다.

첫날 은하수 촬영을 위해 숙소에 도착하자마자 짐을 꾸려 목적지로 출발했다. 도로에 잠시 차를 세우고 무심결에 하늘을 올려다봤는데 별이 정말 잘 보였다. 반대로 이야기하면 주변이 매우 어둡다는 뜻이다. 처음 가는 길인데다 가로등이 없어서 자동차 헤드라이트에만 의지한 채 내비게이션의 안내대로 따라갔다. 섬 특성상 일반 도로 같지 않은 길로도 안내해 식은땀이 흐르기 시작했다. 자칫 도로를 벗어나면 바다로 바로 굴러떨어질 것 같은 느낌이 들었

다. 그곳엔 가드레일이 없었고. 초행길에 밤길이라 더 위험
하게 느꼈을 것이다.

　　마침내 목적지에 힘겹게 도착했고 창문을 열어보니
맨눈으로도 은하수가 뚜렷하게 보였다. 그 순간 시동도 끄
지 않은 채로 나와 탄성을 지르며 구경했다. 그리 멀지 않
은 곳에서 들려오는 파도 소리가 귓가에 맴돌았다. 머리 위
로는 수많은 별과 함께 은하수가 쏟아지는 낭만적인 곳에
와있는 게 실감 나는 순간이었다. 반나절이나 걸린 이동거
리. 그리고 배를 타고 들어와 밤 운전까지, 그 모든 피곤함
이 녹아내리는 것만 같았다. 게다가 이미 은하수가 잘 보이
는 시즌이 지난 시점이라 더 놀라웠다.

　　그런데 한참을 감상하다 차 시동을 끄고 나니 갑자
기 무인도에 혼자 있는 기분이 들었다. 황홀할 만큼 적막하
다는 생각이 스쳐 지나가는 순간, 근처에서 이상한 소리가
들리기 시작했다. 이곳은 낯선 곳이다. 숲속에서 바스락거
리는 소리가 들렸는데 무슨 야생 동물이 있는지도 모르겠
고 갑자기 별의별 상상과 경우의 수가 스쳐 지나갔다. 촬영
은 해야 하니 부지런히 카메라를 세팅하는 중에도 계속 뒤
를 돌아봤다. 타임랩스 촬영이 우선이라 모든 카메라에 인

터벌을 걸어놓고 잠시 차에 들어왔다. 차 안에 분명 혼자 있는데도 계속 혼자가 아닌 기분이 들었다. 잠시 녹았던 피로는 해일처럼 몇 배로 밀려오기 시작했고 조금이라도 눈을 붙이고 싶었지만 이 낯선 곳이 주는 긴장감 때문에 잠을 잘 수 없었다. 낭만과 공포는 정말 한 끗 차이다. 악으로 견디며 밖으로 나가서 그 풍경을 계속 감상했다. "피할 수 없다면 즐기라"는 말까지 생각하며 말 그대로 계속 즐기려 노력했다. 이 순간을 기다려 왔는데 갑자기 피하고 싶은 곳이 되어버린 게 매우 아이러니하지 않은가.

긴장과 불안한 마음은 시간이 지나면서 안정이 되기 시작했다. 그리고 조금 여유가 생기자 다른 장비를 꺼내 행성도 촬영할 수 있었다. 그렇게 몇 시간을 더 즐겁게(?) 버틴 후 첫날 촬영을 마무리했고 새벽 3시쯤 숙소에 도착해 바로 뻗었다. 그렇게 피로를 해소하고 둘째 날엔 바다와 어우러지는 섬의 코스모스가 예쁜 청산도 풍경을 촬영하기로 했다. 참으로 예뻤다.

다음 날 높은 언덕에 위치한 청산도의 명소 범바위로 이동했고 아직 해가 있을 때 장비 세팅을 끝마쳤다. 서쪽에 낮은 구름이 있었지만, 전반적으로 맑은 날씨라 하늘에

아름다운 청산도의 낮 풍경.

1 해가 지기 전에 청산도 범바위에 올라왔다.

2 아직 해가 있을 때 장비를 모두 옮겼다.

3 석양부터 은하수가 뜨는 모습까지 타임랩스로 끊임없이 촬영했다.

감사했다. 석양이 뚜렷해질수록 어제보다 더 두꺼워진 초승달과 금성이 눈에 띄게 선명히 보였다. 눈으로 감상하며 타임랩스로 촬영했고 석양을 머금은 바다와 아름다운 청산도 풍경을 카메라에 바쁘게 담기 시작했다. 서쪽에 낮게 깔린 구름은 천연 필터가 되어 태양의 흑점까지 적절하게 보여주었다.

　　해가 지는 순간 보이는 은하수를 담기 위해 촬영을 계속했는데 바닷바람이 너무 강해 카메라가 계속 움직였다. 이 부분만큼은 결과물이 썩 만족스럽지는 않았지만 그래도 꽤 멋진 은하수 타임랩스를 촬영할 수 있었다. 밤이 깊어질수록 고도가 높아지는 은하수 띠를 다양한 각도로 촬영했다. 주변 돌담도 함께 나오게 각을 잡아 청산도에서 하늘을 올려다보는 현실감을 한층 더 더하기 위해 애썼다.

　　그렇게 순조롭게 진행된 촬영 둘째 날에도 어김없이 공포감은 몰려왔다. 범바위는 청산도의 명소다 보니 해가 있을 때까지 방문객들이 꽤 있었지만, 사람들이 썰물처럼 빠져나가 아무도 없는 곳이 되자 낯선 기분은 배가 되었다. 게다가 이 날은 근처에 있는 건물의 출입문도 해풍에 계속 소리를 냈다. 언덕까지 차로 이동할 수 없어서 장비를 들고

1 짙어지는 푸른 하늘 위로 보이는 금성과 초승달.
2 천연 필터인 구름 덕분에 태양 가운데 흑점을 볼 수 있었다.

올라온 탓에 차에 들어갈 수도 없었다. 고개를 들어 본 하늘은 왜 그렇게 아름다운지… 그렇게 낭만적이면서 두려운 시간을 보냈다. 물론 아무 문제 없이 이틀에 걸친 촬영을 잘 마무리했고, 영상 제작 및 홍보까지 아주 성공적으로 잘 마쳤다. 담당 기관에서도 아주 만족스러워했고 구독자들의 반응도 매우 좋았다. 하지만 아름다운 영상미 뒤엔 낭만과 공포의 '대환장 파티'를 잘 견딘 수고가 고스란히 녹아 있다.

어떤 것이든 안전이 최우선이다. 만약 큰 문제가 생겼다면 어땠을까. 최소한 긴급하게 연락할 곳이라도 미리 준비했어야 했다. 청산도에서의 경험은 낯선 곳에서 아름다운 우주를 관측할 때 더욱 안전하게 잘 준비해야 한다는 깨달음을 안겨주었다. 그리고 특별한 경우가 아니라면, 별 보러 갈 땐 혼자보단 여럿이 가는 걸 추천한다.

청산도 은하수 사진.

꼭 좋은 일만
경험하는 것은 아니다

인생에 꽃밭만 있으면 참 좋겠지만 모두가 알다시피 늘 녹록지만은 않다. 채널을 운영하며 힘 빠지는 경우가 몇 가지 있는데, 그중 가장 심적인 데미지가 큰 것은 내가 공들여 만든 영상을 누군가 무단 도용할 때다. 실수라고 하기엔 매우 고의적으로 악용하는 사람들이 생각보다 많다. 토성 영상이 어느새 700만 조회수를 넘기고 있던 그때, 이 영상을 무단 도용하는 사람들이 많이 늘어났는데 특히 틱톡이 가장 심했다. 아침 토성 영상을 변경 없이 그대로 재업로드하거나 속도를 빠르게 하거나 토성 부분만 편집해 올리는 등 여러 가지 방식으로 도용하는 계정이 많았고 신고로 지운 횟수만 열 번이 훌쩍 넘는다. 화가 나지만 이런 일은 안

타깝게도 현재진행형이다.

　　그중에는 호기심에 해보았다고 용서를 구하는 학생도 꽤 있었다. 학생인 척하는 건지 아닌지는 알 수 없다. 하지만 모든 걸 의심하기 시작하면 끝도 없고 무엇보다 내 마음이 힘들기 때문에, 진심 어린 사과를 하는 분들에겐 별다른 사후조치 없이 용서하고 넘어갔다. 저작권에 대한 시회적인 분위기와 법적 권리는 불과 몇 년 사이에 온도가 많이 달라졌다. 그 예로 폰트, 음원 등을 잘못 사용하면 적지 않은 합의금을 내야 하는 사례도 많이 있다. 분명 '금융치료'가 효과도 확실하고 정당하게 피해를 보상받을 수도 있다는 것을 알고 있지만 왠지 내키지 않았다.

　　그러던 중 수익을 목적으로 운영하는 채널을 발견했는데 거기서도 나의 영상을 도용해 몇십만이 넘는 조회수를 올리고 있었다. 우선 영상을 삭제하기 위해 신고부터 했지만, 처리하는 데 어느 정도 시간이 소요되기 때문에 작성자가 게시물을 삭제하는 게 더 빠르다. 그래서 댓글로 삭제를 요청했지만, 하루가 지나도록 반응이 없는 것이었다. 새로운 게시물은 계속 업로드가 되는 반면, 내 댓글엔 반응이 없었다. 의도적으로 조회수를 올리기 위해 시간을 끌며 피하고 있다고 판단되었다. 그래서 당신이 의도적으로 피하고 있는 이 순간이 캡처되고 있고 나중에 법적으로 불리하게 작용될 거라고 강한 어조로 DM을 보냈다. 그래도 반응이 없자 점점 나의 '분노 게이지'가 올라가기 시작했다.

진지하게 법적 조치를 취하기 위해 변호사를 알아보았고 이 과정에서 내 주변 지인들에게 자문도 구하는 등 적지 않은 시간을 쏟았다. 그렇게 며칠이 지나서야 DM에 답이 왔는데 그동안 확인을 못 했다고 했다. 광고 게시물을 꾸준히 업로드하며 메시지는 확인을 안 했다고 하는 말은 신뢰할 수 없었다. 그리고 "죄송합니다. 앞으로는 그러지 않겠습니다"라고 앵무새처럼 반복하는 모습을 보니 더더욱 그랬다. 그 모습에 나는 더 약이 올랐다. 기본적으로 의사소통이 되어야 하는데 마치 AI와 채팅하는 기분이었다. 그래서 "계속 이런 식으로 나오면 법적으로 조치를 취하겠다"고 끝내려고 하는데 "정말 죄송하다는 말 이외에 더 드릴 말씀이 없어서 반복해서 이야기했다"는 것과 "용서해 주시면 원하는 대로 하겠다"는 답변이 왔다. 어떻게 해야 할까 계속 고민했다.

"본인의 잘못을 인정했고 또 저희 제안에 동의하신다면 법적으로 대응하진 않겠습니다. 이번 일로 빼앗긴 시간, 에너지 등등 모든 정신적인 위자료는 다 빼겠습니다. 조금만 찾아보시면 저작권 침해에 대한 금전적 합의 액수가 적지 않다는 걸 아실 겁니다. 소송으로 가도 처벌 수위기 낮지는 않습니다. 하지만 이 모든 거 다 계산하지 않겠습니다.

합의금 30만 원으로 모든 걸 마무리하겠습니다. 30만 원으로 정확히 아메리카노 60잔을 구매할 것이며, 이번 일로 함께 마음 고생한 구독자분들에게 선착순으로 돌려 드리려고 합니다. 원하신다면 이건 증빙으로 정확히 확인시켜 드리겠습니다. 소송 걸지 않는 조건으로 책임진다고 하셨으니 지켜보겠습니다."

지금까지의 행동을 보면 솔직히 믿음이 가진 않았다. 그래서 내가 제시한 대로 따라올지 꼭 한번 확인이 필요하다고 생각했다. 다행히도 그분은 바로 입금을 했고 다시 사과 메시지를 보내주었다. 진심이 느껴져서 나도 다음과 같은 답을 드렸다.

"○○님. 계좌번호 알려주세요. 10만 원은 다시 보내드리겠습니다. 제 처음 생각과 달리 반성하시는 게 진심이라고 느껴지네요. 마음 같아서는 아예 안 받고 싶어요. 저도 마음이 편치는 않거든요. 하지만 서로를 위해 20만 원은 그대로 기부하는 거로 하겠습니다. 최저가로 확인해 보니 정확히 아메리카노 50잔 구입할 수 있을 것 같네요. 〈나쫌〉 커뮤니티를 통해 공지 후 나누겠습니다.

제가 알기로 법무법인과 함께 정말 의도적으로 노리는 사람들도 많다고 들었어요. 때문에 정말 저작권은 조심하셔야 됩니다. 아무쪼록 이번 일을 계기로 앞으로는 좋은 일이 더 많으시길 바라겠습니다. 그리고 며칠 동안 마음고생 많으셨을 텐데 오늘은 편안한 밤 보내시길 진심으로 또 바라겠습니다."

원만하게 잘 마무리되었다. 약속을 지키기 위해, 나는 바로 쿠폰을 구매하고 커피를 원하시는 분들은 메일을 보내 달라며 공지를 띄웠다. 그런데 처음에는 연락이 오다가 어느 순간 쿠폰이 절반 남았는데도 더 이상 연락이 없는 것이었다. 이게 말이 안 되는 게, 이번 사건과 관련해 업로드한 게시글엔 응원 댓글만 200개가 넘었고 좋아요는 1600개가 넘었다. 그런데 겨우 50장의 커피 쿠폰이 절반 가까이 남을 리가 없는 상황이었다. 많은 분들이 양보하고 있다는 직감이 들었고 바로 다시 공지를 띄웠다.

> "서로 양보해주시는 천사님들! 아직 20장 남았으니 그냥
> 신청해 주세요. 이제 정말 선착순입니다!"

공지를 띄운 지 1분도 안 돼서 너무 많은 메일이 와서 난감할 정도였다. 예상대로 양보한 분들이 많았다. 댓글에도 "커피도 좋아하고 다른 분들 위해 양보한 것도 맞아요! 학생들 많이 신청해요"라고 적어주시는 분들부터 훈훈한 글들이 많이 달렸다. 너무 고마운 분들이다. 이렇게 마음이 따뜻한 분들이 아직 많다는 생각이 들며 괜히 코끝이 찡해졌다. 그 사람을 알고 싶으면 먼저 그 주변의 친구들을 보라고 했다. 익명의 구독자지만 이런 분들이 곁에 있

다니, 나는 정말 복 받은 사람이다.

어쩌면 유쾌한 경험은 아니었지만 이번 일을 겪으며 여러모로 더 성장할 수 있었다. 〈나쫌〉 채널을 보고 있는 분들의 수가 적지 않은 만큼, 나의 행동 하나가 크고 작은 영향을 끼칠 수 있다는 사실을 더욱 실감할 수 있었던 계기가 되었다. 그리고 여러 다른 방식으로 이왕이면 '선한 영향력'을 끼치며 살아갈 수 있기를 스스로 다짐해 본다.

7부

결국 '창백한 푸른 점,에 산다는 것

누구보다
'갓생'을 살지만

한정적인 것엔 뭐든지 의미와 가치가 부여된다. 리미티드 상품의 가치, 학생들에게 방학이 더 뜻깊은 이유 그리고 직장인들에게 휴가가 달콤할 수밖에 없는 이유도. 하지만 1년 내내 혹은 평생 쉴 수 있다면 그게 과연 흥미로울까? 어떤 것이든 남아돌고 무한해지는 순간, 처음과는 달리 그 가치와 흥미는 떨어지게 되어있다.

인생도 마찬가지 아닐까. 어쩌면 끝이 있기 때문에 삶의 순간들이 더 의미 있고 아름다운 것이다. 소중한 사람들과 함께 할 수 있는 시간은 유한하다. 뭔가 이룰 수 있는 시간도 유한하다. 어떤 것이든 즐길 수 있는 시간마저 한정적이다. 그런데 정작 바쁜 현실은 정말 소중한 것에 대한 소중함 자체를 잊게 만들 때가 많다. 게다가 인생의 방향과 의미를 생각하는 게 사치라는 생각이 들 만큼 하루하루 살아가는 삶은 너무나 벅차다. 꼭 어른들만 그런 것도 아니다. 심지어 초등학생이 되기 전부터 누가 정해놓았는지, 이미 놓치지 않고 해야 할 수많은 과정이 있다. 대한민국의 입시 과정이 어떤지는 굳이 내가 더 말할 필요가 없을 것 같다. 이렇게 바쁜 현실을 살다보면 어느 순간 내 삶의 소중한 것들은 무엇인지, 또 내가 누구인지, 하고 싶은 건 무엇인지, 어떤 인생을 살고 싶은지와 같은 아주 중요한 질문에 대한 답을 놓치고 살게 될 때가 많아진다. 우리 인생이 정말 짧은데도 말이다.

그런데 우주를 관찰하다 보면 마치 걸려 있던 현실의 최면이 풀리듯, 다시금 내 존재에 대한 자각이 시작된다. 도저히 사람의 머리로 가늠할 수 없는 성단과 성운을 바라보고 있으면 내가 한없이 작게 느껴진다. 끝을 알 수 없는 우주의 크기에 비하면 태양계는 너무나 작은데 그중에서도 '창백한 푸른 점' 안에 사는 나. 우주의 먼지 같은 크기에 100년도 못 사는 인생인데 무엇 때문에 이토록 아등바등 힘겹게 살고 있을까. 많은 것을 가져도 죽을 땐 빈손으로 가는데 성공이라는 신기루를 좇고 있는 건 아닌지, 또 행복을 막연히 너무 먼 미래로 미뤄두고 힘겨운 오늘만 살아가고 있는 건 아닌지도 생각해 본다.

우리 인생은 절대 영원하지 않다! 과녁을 향해 날아가는 화살처럼 짧다. 그러니 그동안 익숙함에 속아 놓치기 쉬웠던 소중한 것들을 기억해야 한다. 사랑하는 사람들은 오늘 기회가 있을 때 더 사랑하자. 바쁘다는 건 어쩌면 핑계일 때가 많다. 생각날 때 멀리 떨어져 있는 부모님과 한 번 더 통화하자. 용건이 뭐가 필요할까. 목소리 듣고 잠시 이야기 나눌 수 있는 시간이 소중할 뿐이다. 그리고 아이와 놀아주고 가족과 함께 할 수 있는 시간을 미루지 말자. 못할 이유를 찾기보다는 오늘 함께하는 추억을 더 쌓자.

정말 꼭 잊지 않았으면 좋겠다. 우리가 살아가고 있는 건 과거도 미래도 아닌 바로 지금 이 순간, 현재다. 미래를 위한 준비도 반드시 필요하지만, 소소한 것일지라도 오늘 내가 행복할 수 있는 것들을 애써 미루지 않는 용기와 의지가 필요하다. 그렇게 나는 하늘을 올려다보며 지금 더 사랑하고 지금 더 행복할 수 있는 것들을 찾게 된 것 같다.

바빴던 현실에 잊고 지냈던 질문을 하기 시작하면

1 태양보다 먼저 떠오르는 그믐달.
2 먹구름이 아무리 어두워도 빛을 이길 순 없다.

이름처럼 은하수에는 셀 수 없이 많은 성단과 성운이 있다. 그중 몇 개만 표시해 보았다.

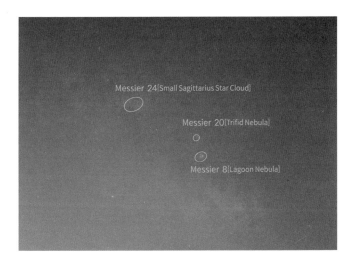

동이 트면서 우리가 알고 있는 푸른 하늘로 바뀌고 있는 모습이다.
수많은 별은 낮 동안 잠시 안 보일 뿐, 없어지지 않는다.
이 당연한 사실을 보여주고 싶어 날이 밝아질 때까지 계속 촬영했다.

신기하게도 마음속에 여유가 생긴다. 별일 아닌 것들로 가족들에게 화를 냈던 나 자신도 초라하게 느껴진다. 회사에서 받았던 스트레스도 하찮게 보인다. 인디언들이 말을 타고 달리다 한 번씩 서서 뒤를 돌아보며 내 영혼이 잘 따라오고 있는지를 확인한다는 이야기가 생각난다. 내게 하늘을 보는 건 그런 시간인 것 같다. 바쁜 삶 속에 조금씩 틀어져 가는 방향을 다시금 체크할 수 있는 시간. 인생의 여정을 살아가는 우리 모두에게 필요한 시간이 아닐까.

나는 오후에 벤치에 앉아 1분 이상 푸른 하늘을 올려다볼 때가 많다. 사람이 많이 없는 벤치에 앉아 하늘을 계속 보고 있으면 이상하리만큼 마음이 평안해진다. 그러다 푸른 하늘 뒤로 펼쳐져 있을 끝없는 우주도 한번 상상해 본다. 푸른색 하늘이 사라지고 마치 지구에 대기가 없다면 바로 보일 거대한 우주의 모습을 내 눈앞으로 끌어와 본다. 식상하고 별것 아닌 것처럼 보여도 짧은 이 시간이 내겐 힐링이 되고 참 좋다.

그동안 "한 번씩 하늘을 올려다봐요"라는 메시지를 영상과 사진을 통해 끝임없이 이야기해 왔다. 살아간다는 것은 치열함의 연속이기에 제각각 인생의 무게를 짊어지고

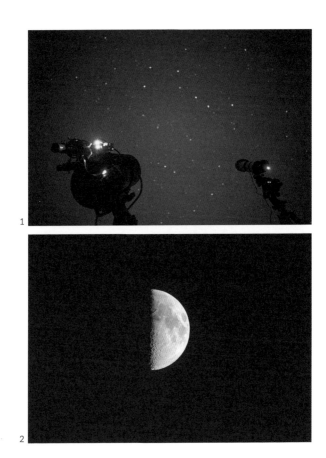

1 밤새 사이좋게 촬영 중인 천체 망원경과 디지털카메라.

2 푸른 하늘에 떠 있는 반달.

살아가는 삶은 절대 녹록지 않을 것이다. 이런 현실에 잠식되지 않기 위해 점심시간이든, 하교나 퇴근할 때든 기회가 있을 때 잠시나마 하늘을 올려다보면 좋겠다. 〈나쫌〉 채널을 알게 된 후 전보다 하늘을 더 많이 보게 되는 것 같다는 댓글을 적어주시는 분들이 많아졌는데 정말이지 뿌듯하고 감사하다. 그리고 이 시간마저 힘든 분들에게 나의 영상이 잠시나마 쉼표가 될 수 있길 바라는 마음으로 계속해서 영상을 만들겠다고 다짐해 본다.

1 해와 달과 별이 모두 만나는 동화 같은 장면.
2 비행기를 탈 때도 하늘을 한 번 바라보자. 지구에 살고 있다는 사실이 실감 날 것이다.

일상에 재미를
더하기 위해

1. 유튜브 실버 버튼을 받아본다.

2. 나만의 굿즈를 출시한다.

3. 책을 출간한다.

4. 방송 섭외 및 특강 요청을 받아본다.

5. 수익성 광고 영상을 만들어 본다.

위에 나열한 것들은 내가 살아오면서 전혀 계획해 본 적 없는 일들이다. 그런데 놀랍게도 유튜브를 시작하고 2년 정도 되는 시간 동안 다 해보았다. 삶에서 재미를 느끼는 부분은 사람마다 다르겠지만, 내가 좋아하고 즐길 수 있는 것들을 적절하게 하면서 살 수 있다면 적어도 반복되는 일상에서 오는 무료함은 덜하지 않을까. 나의 경우엔 소위 '본캐'로는 경험할 수 없는 것들을 '부캐'로 경험해 본다는 것이 참 흥미로웠다. 앞서 나열한 것들은 정말 이전에는 버킷리스트에도 없었는데 〈나쫌〉 채널이 주목받기 시작하자 자연스럽게 따라왔다. 돈을 벌기 위해 시작한 일도 아니었다. 그냥 순수하게 해보고 싶은 것들을 나중에 못 해서 후회하지 말자는 마음으로 성실하게 해보았다. 실천하지 않았다면 그냥 지나쳤을 많은 기회들이, 하고 싶은 대로 꾸준히 하나씩 만들어가다 보니 좋은 기회가 왔을 때 적절히 알아서 빛을 발한 게 아닐까 생각해 본다.

'인플루언서influencer'라는 단어가 낯설지 않은 요즘, 지금만큼 누구에게나 기회가 열려 있던 때가 있었을까. 불과 몇 년 사이 초등학생 장래희망 상위권에 '크리에이터creator'가 생길 만큼 미디어와 SNS의 영향력이 정말 커졌다. 구독자와 팔로워의 수가 곧 경쟁력이 된 시대다. 어떤 주제와 방식으로든 사람들을 모을 수 있는 건 큰 능력이다. 게다가 본인이 즐겨하고 잘할 수 있는 주제라면 이보다 좋은 게 없다. 그렇게 나의 계정을 구독하고 '팔로우'해 주는 사람이 모이면 그전엔 생각하지 못했던 곳에서 연락이 오기 시작한다. 내가 굳이 찾지 않더라도 필요한 사람들이나 업체에서 알아서 먼저 연락을 주신다. 이런 기회들이 발판이 되면 더 크게 성장할 수 있다. 나의 경우 굿즈, 책 출간, 브랜디드 영상 등 모든 콜라보는 모두 관계자분들이 먼저 연락을 준 것이다. 제안을 받은 입장이기 때문에 진행 여부는 내가 선택하면 된다.

직업과 일상에서 벗어나 또 다른 일들을 할 수 있다는 사실이 정말 흥미롭지 않은가. '부캐 전성시대'라는 게 괜히 오는 유행이 아니다. 특히 직장인들의 경우엔 부업으로 이어지는 '부캐'는 상당히 매력적으로 다가올 것이다. 하지만 처음부터 '수익'을 목적으로만 접근하지 않는 게 좋다고 생각한다. 돈벌이가 되면 말 그대로 부업, 일이 되어버리는데 즐겨야 오래 할 수 있고 더 잘될 확률도 높아진다. 중요한 건 1년 이상 할 수 있는 꾸준함인 것 같다. 당장 몇 번 해보고 반응이 없다고 실망해서는 아무것도 안 된다. 그러기 위해서라도 그 자체를 즐겨야 하고 자신이 쉽게 할 수 있는 주제들이 정말 좋다.

사실 직장인들에겐 가장 큰 걸림돌이 시간과 체력이다. 하루하루 본업을 잘 끝내는 것만으로도 칭찬받아 마땅

하다. 퇴근 후에는 쉬어야 하고 주말에도 시간이 정말 짧다. 여기에 어린 자녀들까지 있으면 사실상 시간을 내기 너무나 어려운 게 현실이다. 하지만 이런저런 것 다 계산하면 아무것도 할 수 없다. 정말 하고 싶은 일이고 투자하고 싶다는 생각이 강하다면 하루에 30분, 길면 1시간 정도를 할애한다고 생각하자. 커피 마실 시간, 누군가 만나서 이야기할 시간을 모으면 솔직히 30분은 충분히 확보할 수 있다. 하루 30분이 모이면 일주일엔 3시간 반, 한 달이면 약 15시간이 넘는다. 그 시간이 쌓이면 서서히 아주 큰 변화를 만들어 낼 수 있다. 그러니 못할 것 같은 수만 가지의 핑계 대신, 잠깐이면 지나가는 30분을 내가 해보고 싶은 것으로 채워가 보자.

하고 싶은 말을 정리하면 간단하다. 본인이 원한다면 유튜브든 인스타그램이든 블로그든 관심 있는 주제로 계정을 키워보자. 어느 정도 구독자 또는 팔로워 수가 늘어나면 영향력이란 게 생긴다. 희한하게도 영향력이 생겨나면 그때부터 나의 행동이나 특징들은 주목을 받는다. 멀리 가지 않고 〈나쫌〉 채널만 봐도 그렇다. 우주가 메인 주제인데, 영상미를 놓치지 않으니 카메라 문의가 많아지고 카메라 광고 섭외가 들어온다. 그리고 장비의 부피를 감당하지 못할 것 같아 진행하진 않았지만 해외에 있는 특정 천체 망원경을 제작하는 업체에서도 제품 협찬 DM이 왔었다. 이것만 해도 벌써 두 가지 종류의 장비를 경험할 수 있는 기회를 가진 것 아닌가. 나는 '카메라 전문 채널로 성장시켜야지'라고 계획한 적이 한 번도 없다. 살아오면서 판매하는 물건을 사보기만 했지, 내가 물건을 만들어 판매한다는 생각은 전혀 하지 않았다. 그런데 영향력이 커지니 신기하게도 굿즈를 원하는 사람들이 생겨났다. 캔버스도 만들고 드라마 소품에 협찬까지 해보았다. 그리고 이렇게 책도 출간했다. 난 작가가 아니다. '우주 덕후'로서 책을 준비했다고 하더라도 지금처럼 20만 명의 구독자가 있는 채널을 운영하는 것과 아닌 것은 전혀 다른 입장일 것이다.

내가 좋아하는 주제로 사람들의 주목을 받을 수 있다면, 재미있고 다양한 경험을 할 수 있는 확률이 높아진 시대다. 너무 무겁지 않은 수준으로 이것저것 시도하며 도전을 즐겨보는 게 어떨까. 영향력이 조금 생기면 꽤 재미있는 일들이 많아질 것이다. 여러분 각자만의 스토리를 써나가 보길 진심으로 응원한다.

온전히
내 인생을 사는 방법

과연 우리 중 '비교'에서 자유로울 수 있는 사람이 있을까. 솔직히 나는 열등감도 꽤 있었다. 특히 대학 입시를 준비할 때와 취준생 때 그런 마음이 더 컸던 것으로 기억하는데, 속마음을 조금만 열어보면 아마 대부분의 사람이 비슷한 경험을 해보았을 것이라 생각한다.

약 2년이 넘는 시간 동안 유튜브를 운영하면서도 다르지 않았다. 처음에는 별생각이 없었는데 구독자 수가 늘어나자 주변을 의식하기 시작했다. 애초에 내가 바라볼 수 없는 대형 채널들은 사실 비교 대상도 아니다. 우리 중에 "삼성을 보면, 애플을 보면 나는 열등감을 느껴요"라고 말하는 사람이 있을까. 이른바 '어나더 레벨'에 비교의식이 생기기는 쉽지 않다. 비교하는 마음이 가장 강하게 드는 대상은 주로 나와 비슷한 것들이다.

〈나쫌〉 채널의 구독자 수가 신경 쓰일 즈음 겉으로는 천천히 가면 된다고 했지만, 마음속으로는 '어서 10만 구독자가 되어야 할 텐데'라는 조바심이 생겼다. 이때는 주변에 10만 명이 안 되는 채널들이 눈에 보이기 시작했다. 비슷하게 성장한 채널 중 한 곳이 나보다 먼저 10만 명을 달성하면 '와 실버버튼! 정말 좋겠다'라고 생각이 들면서 '나는 왜 잘 안될까'라는 마음이 스멀스멀 올라왔다. 본능적으로 생기는 비교하는 마음. 이게 나를 초조하게 하고 결과적으로 불행하게 만든다.

이 마음 자체는 자연스러운 현상인데, 독이 될지, 득이 될지는 본인의 태도와 마음가짐에 달려 있다. 부족한 건 부끄러운 게 아니니 스스로 인정하고 내려놓으면 오히려 마음이 자유로워지고 배울 점이 보인다. 그리고 앞만 볼 게 아니라 뒤를 돌아보면 감사할 것 투성이다. 10만 구독자라는 목표를 애가 타게 바라보고 있지만, 뒤를 보면 7만 구독자가 나와 함께 있었다. 7만 명이면 서울 상암 월드컵경기장을 꽉 채우고도 남는 숫자인데 이 얼마나 놀랍고도 감사한 일인가. 이렇게 보는 시각을 달리하면 여유가 생긴다. 그리고 경쟁 대상을 다른 사람이 아닌 어제와 오늘의 나 자신으로 삼게 될 때, 이 '비교 의식'은 긍정적인 발전에 원동력이 될 수 있다. 주변의 성공은 동기부여를 위해 참고만 할 뿐, 나는 내 페이스대로 나의 길을 차근차근 걸어가면 되는 것이다.

2년이 넘는 시간 동안 나 스스로 많은 발전을 이뤄왔지만 딥스카이 사진만 놓고 다른 아마추어 작가들과 비교하면 스스로 너무나 부끄러워진다. 많은 분들이 〈나쫌〉 채널의 사진과 영상을 좋아해 주셔서 정말 감사한 마음이지만 여전히 갈 길이 멀고 부끄러운 수준이다. 이건 겸손한 척하는 게 아니라 냉정한 현실이며 진심이다. 그럼에도 정말 괜찮을 수 있는 이유는 2년 전과 지금의 내가 분명히 다르기 때문이다. 딥스카이 촬영을 전혀 할 줄 몰랐던 과거의 내가 지금의 나를 보면 매우 대견스럽게 생각할 것 같다. 나의 경쟁 상대는 나 자신이기 때문에 괜찮은 것이고 스스로를 마음껏 칭찬할 수 있다.

장담컨대 〈나쫌〉 채널의 딥스카이 사진은 앞으로 더욱더 높은 퀄리티로 발전할 것이다. 필요하다면 장비를 업그레이드할 것이고, 꾸준히 교육받으며 스스로 많이 노력할 것이다. 그러다 보면 내가 생각하기에도 부끄럽지 않은 퀄리티의 사진을 나열할 때가 올 거라 믿는다. 그리고 그게 모이면 오프라인 전시회도 한 번쯤 열어볼 기회가 있지 않을까. 이런 상상을 하면 또 마음이 설레고 즐겁다.

"생각대로 살지 않으면 사는 대로 생각하게 된다." 대학교 1학년 때 한 선배에게서 들은 인상 깊은 명언이다. 꼭 생각과 계획대로만 되지 않는 게 인생인지라, 때론 바람 따라 물결 따라 흘러도 가야겠지만 수동적으로 있으면 바쁜 일상에 잠식되기 쉬워진다. 우릴 가만히 두지 않는 현실은 매 순간 나의 마음과 시간의 여유를 조여올 것이다. 그러니 잊지 말고 잠시 하늘을 올려다보며, 오늘도 끝을 알 수 없는 거대한 우주 속에 살고 있다는 사실을 기억하자. 마치 나를 집어 삼킬 것 같이 으르렁대는 현실은 실상 우주에, 그것도 아주 작은 지구 안에 존재하는 먼지일 뿐이고, 설령 조금 엉키더라도 지나고 보면 살아가는 데 별문제 없는 것이 대부분이다. 그러니 너무 염려하지 말자. 나는 아주 작은 이 여유가 우리 삶의 방향과 질을 다르게 만들 것이라 믿는다.

단 한 사람도 예외 없이, 우리 모두는 우주에서 유일한 존재다. 수십억 명의 인간이 모두 다를 수 있다는 사실이 정말 너무나 신비롭고 오묘하지 않은가. 살아가는 환경과 방식은 차이가 날 수 있어도, 우린 세상에 하나뿐인 '유니크한' 존재라는 사실을 잊지 말자. 꽃마다 피어나는 시기가 다르듯 그냥 나의 페이스로 가치 있는 내 인생을 살아가면 된다. SNS에 꾸며져 있는 다른 사람의 삶보다는 나 자신의 모습에 더 관심을 두자. 운동이든 자기계발이든 어떤 것이든, 과거보다 발전하고 있는 오늘의 나에게 집중한다면 정서적으로도 훨씬 더 건강한 삶을 살 수 있을 것이라 확신한다.

부디 이 책을 읽는 모든 분이 흘러가면 돌아오지 않을 지구에서의 여정을 좀 더 여유 있는 마음으로 누리며, 행복하고 즐거운 추억들로 한껏 채워나갈 수 있길 진심으로 바라본다.

당신과 별 헤는 밤이 좋습니다

제1판 1쇄 발행 2023년 9월 23일
제1판 2쇄 발행 2023년 10월 3일

지은이	나쫌NaZZom
펴낸곳	크레타
펴낸이	나영광
책임편집	김영미
편집	정고은
디자인	임경선
등록	제2020-000064호

주소	서울시 서대문구 홍제천로6길 32 2층
전화	02-388-1849
팩스	02-6280-1849
포스트	post.naver.com/creta0521
인스타그램	@creta0521

ISBN 979-11-92742-14-4(03810)

이 도서는 한국출판문화산업진흥원의 '2023년 중소출판사 출판콘텐츠 창작 지원
사업'의 일환으로 국민체육진흥기금을 지원받아 제작되었습니다.